MERCH Y GELLI

To Margaret
with love,
for being such a
good neighbour. x x.

25.10.007.

MERCH Y GELLI

FFLORENS ROBERTS

ISBN 1-903314-41-0

Argraffwyd gan Wasg Pantycelyn, Caernarfon

CYNNWYS

DIOLCHIADAU

Hoffwn ddiolch o galon i'r Athro Gwynfor Jones am bob
cymorth a chyngor a chanllaw yn ystod adeg anodd;
i'r Parchg. T. J. Davies am ddarllen y sgript;
i'r Bonwr Cedric Jones am aml gymwynas,
ac i Gwenan a Wyndham. Diolch eto.

RHAI GEIRIAU

wden	cig carw mynyddoedd Eryri. Moethusrwydd i'r byddigion yn unig.
muchudd	(lliw du) (*jet*.S)
cogail	Ffon neu bren a ddefnyddir wrth nyddu.

GWANWYN

"Yna cymerasant flodau'r banadl a blodau'r erwin ac o'r rhai hynny rhithio'r forwyn decaf a welodd dyn erioed a'i bedyddio o'r bedydd a wnaethant yr adeg honno a dodi'r enw Blodeuwedd arni, a dyma un o gainc y Mabinogi, stori am Fath fab Mathonwy o'r oesoedd cynnar."

Dyma'r fro ble'r ymgnawdolodd rhai o dduwiau'r Celtiaid a rhodio'r ddaear gan adael eu henwau ar eu hôl i ddewino bryn a dôl.

Yma ar ddiwrnod tyner o Orffennaf 1782 a'r haul yn taenu ei ogoniant dros Eryri y gwelodd Angharad James, merch hynaf y Gelli Ffrydiau, Baladeulyn, olau dydd a chael magwrfa heb ei ail a oedd yn deilwng o safle ei thad yn y gymdeithas.

James Davies oedd enw ei thad ac Elin Angharad Humphrey oedd enw ei mam. Rhieni ei mam oedd Marged ferch Ifan, Talmignedd, Llanllyfni, a rhieni ei thad oedd Dafydd Griffith, y Gelli, ac Elin Dafydd, Y Nant, a'r cwbl o dras a hanai o bymtheg llwyth Gwynedd. Gwaed gorau pendifigaeth hynafol ac anrhydeddus.

Gŵr tal, lluniaidd, cryf ei feddyliau oedd James Davies, yswain y Gelli, a chadarn ei syniadau. O'r herwydd ystyriwyd ef yn aelod parchus o'r Festri Dethol, yr hon a weinyddai holl weithgareddau'r plwyf. Roedd yn warden yn Eglwys Sant Rhedyw, arolygydd y tlodion a goruchwyliwr y ffordd fawr i Gaernarfon.

Diau i Angharad etifeddu pendantrwydd ei thad. Gair mawr ei thad oedd 'tras'. "Cofia dy dras bob amser. Na ddug sen ar dy deulu. Mae teulu'r Gelli Ffrydiau o hil gerdd, wsti." Treth pum aelwyd oedd ar y Gelli, ac roedd yn dŷ helaeth. "Gwelaf fy ngwreiddiau fel yr hen dderwen acw, fy nheulu yw'r dail a'r mes." Roedd yr olygfa ohono yn werth pob gini.

Gorweddai Dyffryn Nantlle rhwng dau drum.

Ar y drum draw roedd llechwedd coediog, a'r eithin, y grug a'r rhedyn yn cystadlu â'i gilydd. Moelydd mawreddog a chlogwyni yn rhes o Fynydd Drws-y-coed i Fynydd Talmignedd.

Yn y Gelli nid oedd na chliced na chlo, dim ond Pero y ci brych yn ffugio cysgu wrth waelod y grisiau, un llygad yn agored. Uwch ben y drws allan roedd y geiriau:

Dymuniad calon yr adeiladydd,
'Rhwn a'th wnaeth ben bwygilydd,
Fod yma groeso i Dduw a'i grefydd
Tra bo garreg ar ei gilydd.

Oedd, yr oedd y Gelli ar fangre hynod o dlos. Safai ar gwm gwastad, a thrwyddo yr ymdroellai ffrwd loyw. Yn y fangre hon y magwyd ein harwres.

"Heb fod ymhell roedd bryn coediog o'r hwn, yn ôl traddodiad, y tarddodd yr enw Drws-y-coed."

"Pan oddiweddwyd y Tywysog Llywelyn ein Llyw Olaf ac y gorchfygwyd ni'r Cymry trwy law'r Brenin Iorwerth y Cyntaf, a ffyrdd y Rhufeiniaid yn arw mewn rhai mannau a'r Brenin am ffordd hwylusach tuag at Baladeulyn a'r Nant ble roedd ei Lys, gorchymynnodd i'w filwyr ddinistrio'r fforestydd trwchus lle trigai bleiddiaid, ceirw a llwynogod gynt."

"O nhad!"

"Ar ôl gorffen gwaeddodd y milwyr, 'Gorffennwyd, gorffennwyd Drws yn y Coed'. Yno honnid bod dyn yn gweld y Nefoedd trwy eu brigau trymion. Dyna hanes dy blwyf."

Yn y cyfamser roedd Angharad yn eistedd ar ei stôl dri-throed yn glustiau i gyd, a thrwy wrando chwedlau o'r fath enynnwyd ei diddordeb. Synnai ei thad ati. Er ond yn bedair yn codi i bump oed roedd hi'n hyddysg yn y rhifau a'r llythrennau. Ysai am wybodaeth ac addysg yn brin yn y Nant.

Ei ffrindiau er yn fach oedd Rhys a Huw, meibion y Rheithor Ffowc Prys a oedd yn byw groes i'r ffordd i'r Gelli. Caent lawer o hwyl gyda'i gilydd. Angharad fyddai yn arwain y gweithgareddau bob amser â'r ddau arall yn ei dilyn.

Roedd Angharad yn bur hoff o greaduriaid bach ac yn cael llawer o hwyl yn gwylio Migyldi'r gath lwyd. Roedd honno yn hoffi dringo'r goeden onnen fawr wrth y llyn nepell o'r tŷ, yn enwedig gyda'r nos pan fyddai'r adar yn mynd i gysgu ar ei brigau. Ond wrth ei gweld hi yn cropian i fyny byddant yn siŵr o wneud digon o sŵn i ddeffro'r fro, ac yna deuai Migyldi i lawr i chwilio am well helfa. Gwyddai am nyth llygod bach ac aethai i ymguddio yn y gwrych a gorwedd ar ei phedair pawen a'i chynffon yn symud yn araf bach yn disgwyl, disgwyl. Yn sydyn disgynnodd Siani Flewog yn swat ar ei thrwyn a dechreuodd disian dros bob man ac Angharad yn cael hwyl yn ei gwylio.

Yn amlwg wedi diflasu aeth Migyldi i'r tŷ ac Angharad yn parhau i chwerthin yn braf. Gwyddai fod ei Meistres fach wedi gadael soseraid o laeth iddi.

Bore wedyn, yn ôl eu harfer, aeth Angharad a Migyldi ar drot at y llyn, a chynffon y gath lwyd yn syth i fyny ac yn amlwg yn ffansïo ei hun gan fod yn y llyn dri silidon bach a ddaliodd Rhys, Huw a hithau yn y ffrwd oedd yn llawn o lysywennod a silidon yn chwarae mig rhwng berw'r dŵr, eu rhoi mewn cwdyn a'u gollwng wedyn i'r llyn. Rhys roddodd yr enw ar y cyntaf, Sboncyn, am ei fod yn hoff o roi naid i'r wyneb er cael gwybedyn i frecwast. Huw roes yr enw ar Sblas, yr ail, am ei fod yn rhoi coblyn o naid nes oedd y dŵr yn tasgu i bob man. Angharad roes enw ar y trydydd, Siôn-bob-ochr.

Cadwai ef lygad ar y gath lwyd gan y byddai honno am oriau yn gwylio, gwylio cyfle i gael pryd da. Deuai'r triawd â bwyd i'r pysgod a pharhau i wylio eu stranciau a wnai Migyldi gan lyfu ei gweflau wrth feddwl am y wledd. "Bydd yn ofalus," meddai Huw, "fedri di ddim nofio."

Blinodd yr hen genawes fach ar y gwylio ofer, yna edrychai ar yr adar yn hedfan yn ôl a blaen, aderyn y to, y wennol, a'r wylan bob amser yn barod am grystyn a daenai Angharad o gwmpas y llyn. Byddai'r Robin Goch ar ei ben ei hun fel arfer yn rhoi herc a cham yn fusnes i gyd.

Un diwrnod daeth Sboncyn i'r wyneb a meddyliodd Migyldi, 'dyma fy nghyfle i', a chyda hyfder ymestynnodd ei phawen yn rhy bell ac i mewn yr aeth i'r llyn dros ei phen a dyma grochlefain y triawd os bu un erioed.

"Nhad, nhad, mae Migyldi yn boddi yn llyn Y Gelli, dowch ar frys," a Rhys yn rhedeg fel milgi i'r Rheithordy dros y ffordd gan obeithio nad oedd ei dad yn gweddïo dros y morwyr allan yn y bae a Migyldi yn boddi yn y llyn. Erbyn i Rhys ddychwelyd roedd Migyldi â'i nawfed bywyd wedi dod i'r wyneb, glaniodd, ysgwydodd ei hun a'r Rheithor wedi dod i'r Amen, rhedodd y gath lwyd fel cath i gythraul i ddiddosrwydd tân mawn Y Gelli.

Aeth hi byth yn agos i'r llyn wedyn.

Ar ôl i Migyldi wrthruddio pawb a phopeth, ceisiodd gael maddeuant drwy rathu yn erbyn coesau Angharad a chanu grwndi, ond nid oedd hynny yn cael llawer o effaith.

Erbyn hyn roedd y tri wedi newid eu serch, a ieir y Gelli a gâi y flaenoriaeth. Dewisiwyd tair o'r ieir a'u henwi, Martha Drafferthus, Siani Bliog, a Bach y Nyth oedd y lleiaf. Ieir dugoch oeddynt ac yn dodwy wyau mawr ac eithrio Bach y Nyth. Byddai'r bechgyn yn cael rhai ohonynt gan Meistres Elin Angharad a'r Person Ffowc Prys mewn hwyliau da o gael dau wy mawr i frecwast. Aethai'r tri â llond dwrn o friwsion allan iddynt, clowc, clowc, clowc, a chyn pen dim byddai'r briwsion wedi diflannu.

Cawsant gasglu wyau a mynd â hwy i'r gegin. Yn y parlwr bach roedd Huw wedi gwirioni gyda'r cloc pendil â'i wyneb fel lleuad ac yn gwenu arno. Byddai'r pendil oddi mewn yn symud o un ochr i'r llall, tic toc, meddai, yna taro'r awr, un, dau, tri ac yn y blaen hyd amser gwely, gwaetha'r modd.

Buasai Huw wrth ei fodd yn cael gweld ei du mewn yn go iawn ond buasai Meistr Dafydd Jams, tad Angharad, yn gacwn gwyllt pe bai yn agor drws y cloc ac yn chwarae gyda'r pendil.

Bore wedyn roedd pethau o'r chwith yn Y Gelli, pawb wedi codi yn hwyr – "Rhen gloc mawr wedi nogio. Welais i fath beth. Rhaid i mi fynd i'w fol o," meddai'r Meistr.

Digwyddodd Jams Dafydd edrych ar Angharad, ei hwyneb mor goch â chrib ceiliog ac yn brysur mwytho Migyldi.

"Mae dy wyneb di yn goch iawn. Oes gwres arnat? Mae'r dwymyn ddu o gwmpas wsti."

"Huw eto," meddai Angharad wrthi hi ei hun neu yn ddistaw bach wrth y gath, "A'i fysedd bysneslyd."

Ar ôl bore llawn o wersi gan y Ficer, y primer Lladin, y Gyfraith, Saesneg a thipyn bach o'r iaith Roeg, penderfynodd y triawd, Angharad, Huw a Rhys, fod rhaid ymlacio.

Cafodd Rhys syniad: "Beth am fynd i wersylla, Angharad?."

Edrychodd Huw i fyny ac i lawr. "Ymhle a sut?"

"Beth feddyliwch chi, fechgyn. Gwneud gwersyll yn y coed. Mae digon o gwmpas," meddai Angharad.

Ar ôl peth chwilota, dewisiwyd coeden dderw braff a'i changhennau yn ddigon cryf i gynnal tri anturiaethwr brwd.

Wedi cysylltu'r ysgol-raff yn ddiogel wrth ddau fonyn tew hanner y ffordd i fyny'r goeden, tynnwyd pedair ystyllen i fyny wedyn a'u rhoi ar draws y canghennau a'u clymu'n saff i wneud y llawr. Sachau oedd y muriau a'r to, a mat o hesg dros y cyfan. Ar y llawr roedd rhagor o sachau. I orffen, tyn a chaead arno yn llawn o afalau ac eirin.

"Rhaid cael caead arno, neu mi fydd y wiwerod yn gwledda munud y byddwn wedi troi ein cefnau," meddai Angharad.

"Rwyt ti'n meddwl am bob dim, Angharad."

"Wel, rhaid inni ddiolch i dy dad a Tomos hefyd am roi help-llaw inni godi'r tŷ gwersyll yma yn y coed uwchben.

Ar ôl gorffen llafurio dyna syllu mewn syndod ar eu gwaith. Prin yr oedd hi'n bosibl gweld y caban bach mor drwchus oedd y dail o'i amgylch. I ffwrdd â hwy i ddweud iddynt gwblhau'r gwaith.

"Mae'n glyd iawn onid yw?" meddai Huw.

"Ydi. Dim ond sŵn y dail i'w clywed ac ambell hwt hen ddylluan oedd wedi cael ei aflonyddu."

"A gawn ni swpera yno heno, mam?"

"Cewch, cewch wrth gwrs," meddai Elin Angharad.

"Ni fyddwn yn hwyr."

"Na fyddwch gobeithio. Ni ŵyr rhywun pwy sy'n prowlio o gwmpas."

"Dim anifeiliad gwylltion beth bynnag."

"Ha, ha."

Aeth y tri allan, bob un â'i ysgrepan yn cynnwys brechdanau cig a chacen gri a photelaid o ddŵr. Yna i fyny'r ysgol fel tri mwnci.

"Rhaid tynnu'r ysgol i fyny hogiau," meddai Angharad, "neu mi fydd yn amlwg ein bod ni yma."

Yna i fyny y daeth yr ysgol gadarn oedd wedi ei gwneuthur o'r helygen, wedi cael ei sychu, yna tynnu'r plisgyn neu'r rhisgl a'u plethu.

Tra yr oeddynt ar ganol eu swper clywsant leisiau yn dynesu.

"Dim sŵn, hogia," sibrydodd Angharad gan orwedd ar ei hyd ac edrych trwy agen rhwng y sachau.

Dau ddyn oedd yno a golwg digon amheus arnynt. Roedd

yn amlwg eu bod wedi rhedeg â'u gwynt yn eu dwrn.

"Dyma le i'r dim, oddi tan y dderwen yma, Shaemus," meddai un ohonynt, gan ddisgyn yn lluddedig â'i gefn ar y goeden.

"Mae'n ddigon da hyd nes y byddwn wedi dadflino, Padrig, a chawn archwilio ein hysbail yn y cyfamser."

"Cawn, siawns na fydd y meistr yn fodlon ar hyn." Aeth y ddau drwy'r cwdyn oedd ganddynt a chyfrif.

"Mil o bunnau mewn arian sychion,"

"Gwaith da. A ddaw 'rhen ddynes ddim ati ei hun am beth amser. Unwaith y byddwn yn hwylio o Gaernarfon i Rosslare, pwy sydd i'n hamau ni."

Erbyn hyn roedd y tri gwersyllwr bach wedi cyffio ers beth amser ac yn dyheu am i'r drwgweithredwyr fynd rhagddynt i'r llong.

Ymhen ysbaid penderfynodd y ddau fynd yn llechwraidd tua'r porthladd.

Gwnaeth Huw yn berffaith siŵr fod y ddau leidr yn ddigon pell cyn gollwng yr ysgol i lawr gan rybuddio Angharad a Rhys i gymryd pwyll wrth ddisgyn.

"Dyma ni wedi cael ein traed ar y ddaear o'r diwedd, diolch byth," meddai Angharad. "Gwell i ni ddatgysylltu'r rhaff a chuddio'r ysgol yn y gwrych, rhag ofn iddynt ddychwelyd."

Yna rhedodd un adref i'r Gelli a'r ddau arall i'r Rheithordy.

Yn ôl un o'r porthmyn roedd y lladron wedi eu dal ym Mhorthladd Caernarfon cyn iddynt hwylio. Cafodd y tri gwersyllwr gymeradwyaeth frwd gan yr awdurdodau am fod mor ddewr a charcus ond rhybudd gan eu rhieni. Dim swper min nos wedyn.

Un diwrnod rhedodd Angharad â'i gwynt yn ei dwrn i'r rheithordy i gyrchu'r bechgyn.

"Dowch ar frys."

"Beth sydd wedi digwydd?"

"Rwyf am i chwi weld y wagen fawr aflêr yna. Mae yn dod

i lawr ffordd Pant-y-rhedyn ar ogwydd ac wedi ei gorchuddio â defnydd crai."

"Dim men y sipsiwn yw honna," meddai Rhys yn holl-wybodol.

"Rwyn gwybod hynny siŵr iawn. Nid yw yn amser i Sinfi a'i theulu ddod."

Ymhell ar ôl tridiau'r deryn du a dau lygad Ebrill fydd yr amser iddynt hwy ddod ynte Huw?"

"Ia siŵr iawn."

"Prun bynnag nid sipsiwn yw'r gyrrwr acw," meddai Rhys.

"Edrychwch ar ei farf, mae yn cyrraedd at ei arffed bron a hefyd sylwch ar yr het befer uchel."

"Pobl ddwad ydynt rwy'n siŵr. Tybed a yw ei deulu o dan y gorchudd diddos yna?"

Edmygai Angharad y ddwy gaseg fywiog oedd yn tynnu'r fen od.

I ffwrdd â'r bechgyn i'r persondy ac Angharad i'r Gelli i ddweud wrth eu rhieni.

"Elin Angharad a glywsoch chi'r plant yn rhedeg yn wyllt ar ôl gweld fen od yn cyrraedd y gymdogaeth?"

"Na, rwyf wedi bod yn y bwtri drwy'r bore. Nid y sipsiwn gobeithio."

"Na, mae gan y rheini garafán ddestlus a phrun bynnag nid yw yn amser codi tatws eto."

"Wedi meddwl, af ar fy llw mai'r sect Morafaidd yna ydynt. Yn enwedig wrth weld Dafydd William, Dolydd Byrion, Llandwrog, yn eistedd wrth ochr y gyrrwr a gwybod ei fod ef a William Griffith, Drws-y-coed Uchaf a William Griffith, Penmorfa, wedi colli eu pennau'n llwyr gyda'u crediniaeth hwy. Mwy na hynny am Drws-y-coed y maent yn anelu."

"Ydach chi'n siŵr, Jams?"

"Yn siŵr, Elin, wrth gwrs rwy'n siŵr. Yn rhyfedd iawn, yn ffair y Nant aeth John, Clenennau, a minnau i Tŷ'n Llan am sgwrs a heddwch a chwpaned o fedd. Bu trafodaeth frwd rhyngom am y Morafiaid, sydd wedi cael eu traed i mewn yn y Gogledd 'ma."

"Morafiaid! dyna enw diethr, ynte?"

"Na, ddim mor ddieithr chwaith, Elin."

"Sut felly?"

"Roedd Ffowc Prys wedi ymuno â ni erbyn hyn ar ôl chwilio a chwilota amdanom a chytunodd â John a minnau a oedd wedi clywed digon pan oeddem yn ysgol breswyl Caerwynt am yr uchelwr o Dde'r Almaen, Nicolas Zinzendorf oedd â'r bwriad i ail greu ysbryd a defosiwn Cristnogaeth yr Eglwys Fore a theulu mawr y Morafiaid. Mor wahanol i ni. Gŵr llym yr olwg oedd perchen y fan yno.

"Twt lol Jams rwyn synhwyro eich bod yn mynd o flaen gofid rwan.

"Cawn weld, cawn weld Elin Angharad, amser a ddengys. Pobl a geisiant lanhau eu hunain a phawb arall o ragrith, chwant a hunan-dwyll ydynt. Yn ôl a ddeallaf maent yn bobl ddawnus a'r gyfraith ar flaenau eu bysedd."

"Rydych yn codi ofn arnaf braidd, Jams."

"Nac ofnwch, Elin, cadwch eich ffydd. Fe fyddwn ni yma bob amser."

"Beth oedd gan Ffowc Prys i'w ddweud fel Person yr Eglwys heddiw?"

"Ysgwyd ei ben yn arw oedd o, gan fod Sect y Morafiaid yma yn credu mai gair Duw yw'r Beibl. Ymhyfrydant yn arbennig yn nioddefaint Crist ar y Groes a llefarant yn fynych am archoll a gwaed. Maent yn codi fel madarch ym mhob man. Rhaid i ni fod yn gadarn yn ein ffydd. Cofiwch fod ganddynt ganolfan ym Mryste a Heolfan Fetter yn Llundain ac y mae eu 'Coleg y Gyfraith' yn Nulyn yn fyd enwog."

Yn ddiweddarach roedd Elin Angharad wedi newid ei thôn ac meddai wrth ei gŵr, "Wyddoch chi Jams, mae'r teulu yna ddaeth i ardal Drws-y-coed ers beth amser bellach wedi gwneud lles mawr yma. Maent yn grefyddol a'r capel bach maent yn ei godi bron ar agor. Fydd yna ddim hela â chŵn nac ymgasglu at ei gilydd i chwedleua, gorweddian, ac ymladd ceiliogod yn y fynwent ar y cerrig beddau neu ar y talwrn, a hynny ar y Sul. Beth ddyliech chi?"

"Rydych chi yn llygaid eich lle fel arfer, Elin, ond rhaid i ni ddal fel gelain yn ein crefydd ni."

"Ia wir, clywais yn y farchnad fod un o'r Methodistiaid yna wedi gwirioni'n llwyr gyda'u cred."

"Un o ddilynwyr y diweddar Howel Harris ydych chi'n feddwl. Ia, pregethwr grymus dros ben ond yn rhy hoff o'n hatgoffa o'r gwaed a'r archollion ac yn sgrechian 'Y Gwaed, Gwaed' wrth ei wrandawyr. Na, bu yn ei ddyddiau cynnar yn un o'r rhai a fu'n sefydlu a hyrwyddo'r Teulu yn Nhrefeca. Mae yn ymdebygu i'r diweddar Nicholas Zinzendorf o'r Almaen, sefydlydd teulu y Morafiaid."

Tra roedd ei rhieni yn pwyso a mesur y Sect Morafaidd roedd Angharad yn gwrando yn astud.

"Y Morafiaid yma. Ple mae Morafia, nhad?"

"Talaith mewn gwlad sydd ymhell oddi yma."

"Pa mor bell?"

"Yng ngwlad Bohemia, os oes gennyt syniad ple mae'r wlad honno."

"Mae gennyf syniad, achos cofiaf i Meistr Ffowc Prys sôn am y wlad honno yn ystod gwersi daearyddiaeth a dwyn i mewn rhyw John Huss, di-di-diwygiwr (daeth y geiriau mawr allan toc), a chael ei losgi ar y stanc am fod rhai pobl yn mynnu mai gau-broffwyd oedd."

"Wyddost ti fod cof golofn iddo?" Ysgydwodd Jams Dafis ei ben a sibrydodd wrth ei hun. "Mae'r eneth yma y tu hwnt i mi."

"Diolch nhad."

"Ymfudwyr ydynt o Morafia wsti a chael cefnogwyr yn Lloegr a Chymru, a'r Nant o bob man oherwydd William Griffith, Drws-y-coed, David William, David Mathias a'u tebyg. Wyt ti'n fodlon rŵan?"

"Ydwyf a llawer o ddiolch i chi."

Roedd gan ferch Y Gelli fwy na digon i gnoi cil arno y noswaith honno!

Roedd Angharad yn prysur-dyfu i fyny ac un prynhawn hyfryd rhwng Calan Mai a Ha' bach Mihangel, roedd gwyrddni blodau'r grug a'r rhedyn yn cyfuno. Uwchben, yng Nghoed-y-deri canai'r gôg a gwelwyd ambell wennol, ond un wennol, ni wna Wanwyn. Prun bynnag, nid oedd gan Angharad y diddordeb lleiaf y diwrnod hwnnw beth bynnag yn yr amgylchedd.

Roedd Malan y forwyn, a oedd i gadw golwg ar yr eneth ryfygus, yn nyddu gyda dwy o'r morwynion eraill a'r llin o'r ucheldir yn barod i wneud brethyn cartref cyn ei liwio, y troellau yn sgyrnygu fel telynau allan o diwn, neu ddwy gath yn herian ac yn chwythu naill ar y llall, ac Angharad wedi diflasu yn gwneud dim.

Gwelodd Twm y gwas bach yn croesi'r buarth, ei het dair-onglog ar ei war a honno wedi gweld dyddiau gwell. Ar y pryd roedd yn cludo dŵr o'r ffynnon ar iau oedd o amgylch ei ysgwyddau a'r dŵr yn tasgu i bob man.

Galwodd Angharad arno: "Tyrd â'r ddwy ferlen Seren a Dorti allan, Twm, mae awydd arna'i i anelu am y clwydi yn y cae bach." Rhyddhaodd Twm yr iau oddi ar ei ysgwyddau yn sydyn mewn syndod nes peri i'r ystennau ddymchwel y dŵr i bob man.

"A'ch rhieni oddi cartref, Meistres Angharad?"

"Pw, mae nhw yn ddigon pell yn ffair Glamai y Nant."

"Rhaid wir, well i mi beidio."

"Rhaid iti, fi ydi Meistres y Gelli Ffrydiau y prynhawn yma weldi, a dyna ddigon." Cododd ei phen yn herfeiddiol.

Llusgodd Twm ei draed, yn amlwg yn anfodlon. Er hynny rhoddodd y ffrwyn ar y ddau gobyn.

"Dyna ddigon."

"Ond Meistres, beth am y cyfrwy untu?"

"Ddim gwahaniaeth, gwna fel rwy'n gofyn, neu naw wfft i dy wersi ar ôl swpera, a minnau wedi pwrcasu pensil nadd a llechan newydd iti."

"Nefoedd Fawr," meddai Twm o dan ei wynt, "yn y Nefoedd fyddwn ein dau heb os nac onibai. Heb wartholyn hefyd."

Rhoddodd Angharad ei throed ar y garreg farch ac i fyny yr aeth ar gefn y ferlen cyn i Twm gael ei wynt ato. 'Run pryd, roedd merch y Gelli yn dannod y wisg laes drom o frethyn cartref a wisgai y bore yma.

I ffwrdd yr aeth fel ewig dros y glwyd fach agosaf, yna anelu am yr un uwch. Yr awel fain wedi datod y blethen drwchus oedd hyd at ei meingefn fel arfer.

Roedd Twm druan ar garlam wyllt yn ei dilyn ac yn furum o chwys.

Trodd Angharad y ferlen a dychwelyd dros bob clwyd ond yn arafach erbyn hyn.

Ar ôl cyrraedd y buarth rhoddodd Seren, oedd yn diferu o chwys hefyd, yng ngofal Twm, a meddai: "Dim gair wrth fy rhieni, wyt ti'n deall? neu bydd dysgu'r wyddor yn Gymraeg a gair neu ddau yn Lladin yn mynd i'r gwynt. Wyt ti'n deall?"

"Crist croes torri mhen torri nghoes", a gwnaeth arwyddion i'r perwyl hynny a meddai, "Ydw, Meistres Angharad, a llawer o ddiolch am geisio fy nysgu," a sychodd y chwys oedd yn diferu oddi ar ei dalcen a chadach poced fflamgoch yna ei rhoi yn ôl am ei wddf.·

"Iawn, Twm," Ar y gair gwelodd ei thad ymhen arall y buarth yn bwrw'r ffrwyn i un o'r gweision ac yna yn cadw pen rheswm â'r hwsmon, y penteulu. Ei thad â'i getyn hir yn mygu fel simdde, yn amlwg yn gwneud yn fawr o gyfran y llwyth tybaco a ddaeth yn ddiweddar i borthladd Caernarfon o'r cyfandir, a Sgweiar y Gelli yn un o'r rhai cyntaf i'w fwynhau. I Angharad, yr oedd gweld ei thad, gŵr tal cyhyrog, ei gôt-a-chwt, het chantel lydan a'i ffon â ffurel arian yn rhywun i edrych i fyny ato, yn enwedig â hithau wedi torri rheol a'i chydwybod yn ei phoeni.

Trodd ei thad a galwodd arni, petrusodd hithau gan gymryd arni nad oedd wedi ei glywed oherwydd sŵn y cerbydllusg ar y buarth. Galwodd yr ail waith ac aeth hithau ato.

"Ia, nhad?" a'i chalon yn curo fel tabwrdd

"Roedd y Person yn y ffair hefyd, chware teg iddo, ac mae Ffowc Prys yn awyddus i ti ymuno yno gyda'r bechgyn i ddysgu elfennau Euclid, y Primer Lladin a barddoniaeth gaeth a rhydd. Dyna i ti goflaid ynte?" meddai wrth weld llygaid Angharad yn pefrio, ond nid hynny oedd y rheswm. Cael ymryddhau o lyfetheiriau y gymdeithas wâr oedd o'i chwmpas, hynny oedd yn bwysig i'r eneth rwystredig.

"Bydd Rhys a Huw yn ymrestru yn Ysgol Caerwynt yn y dyfodol. Mae'n rhwydd i ti ddechrau ar y gwerslyfr cyntaf Lladin rhag blaen os wyt yn dymuno."

"Pryd, nhad?"

Drennydd neu dradwy os wyt ti'n dewis?"

"Iawn."

"Anfonaf nodyn gyda Tomos i gadarnhau dy bresenoldeb ac i weld prun bore fydd yn gyfleus i'r Person."

"Diolch, nhad."

Roedd Angharad ar ben ei digon. Hoffai Ffowc Prys y Rheithor, yn enwedig ei bregethau, nid pregeth dri a grôt iddo fo. Câi y ferch lawer o fwynhad yn gwrando arno. Ni fyddai angen perswâd arni i fynychu'r gwasanaeth, er y ffieiddiai at sŵn a wnai'r cŵn oedd wedi eu clymu ym mhorth yr eglwys. Os byddent yn ceisio ymladd â'i gilydd neu ymddwyn yn anweddus gafaelai Sion Dafydd y clochydd yn eu gwar ag efail gŵn a wnaed o hen dderwen gadarn a'u llusgo allan i'w hail glymu ddigon pell.

'Run pryd gwyddai hi fod y cŵn yn hanfodol i'r ffermwyr a ddaethant o bell ffordd i addoli, ac er mwyn taflu golwg ar eu praidd wrth fynd heibio.

Mor wahanol oedd ymddygiad Seren a'r ceffylau eraill a oedd o fewn eu libart a'u pennau yn eu sach bwyd yn prysur gnoi eu hebran.

Roedd Elin Angharad yn cyrraedd y tŷ ac aeth Angharad o flaen ei mam, y drws allanol yn gwichian o henaint; yna rhoddodd sgwd reit dda i'r tapestri trwm a chostus a orchuddiai'r fynedfa i'r parlwr bach a mawr. Cofiai'r ffwdan pan ddaeth y rholyn anferth trwm i borthladd prysur Caernarfon o ddinas Antwerp, gwlad Belg.

"Pam yr holl ffordd o ddinas Antwerp, mam?" meddai'r groten ar y pryd, a'r enw Antwerp yn codi pob math o freuddwydion am wledydd pell i'r eneth eithriadol o ddeallus, ac ystyried ei hoed.

"Mae Antwerp yn nodweddiadol am y gwaith cywrain mewn tapestri ers amser y diweddar Syr Richard Clwch.

Roedd ef yn farsiandïwr byd-enwog, enwog hefyd gan ei fod yn ail ŵr i Gatherin o Ferain, mam Cymru." Dywedodd y geiriau â'i thafod yn ei boch a chan wenu.

"Pan oedd eto'n ifanc aeth ar bererindod i Balestina a chafodd ei greu yn 'Farchog y Beddrod Sanctaidd'; dyna sydd yn cyfrif am y 'Syr' ac efo fu'n gyfrwng i agor y gyfnewidfa fawr yna sydd yn cloriannu prisiau'r farsiandïaeth yn Llundain a ddaw o Antwerp a gwledydd fel Iwerddon a hynny o bwys mawr yn aml i dy dad," a'r ferch yn gwrando ar bob gair. A phwy a wŷr mai sgyrsiau fel hyn a enynnodd ddiddordeb Angharad yn y gyfraith a phethau tebyg.

Aeth Angharad drwodd gyda'i mam i'r parlwr bach. Wrth ben drws y parlwr roedd y pen carw a rhoddodd hi edrychiad herfeiddiol arno. Âi ar ei llw yr edrychai'r hen labwst arni a'i dilyn gyda'i ddau lygad mawr pan fyddai wedi camymddwyn fel heddiw – ei gyrn canghennog yn ymestyn fel hen goedan wedi crino. Tybed beth oedd ei dynged ef rhywdro, cael ei erlid yn un o fforestydd Eryri hwyrach, er mwyn i'r Saeson gael gloddesta ar ei gig gan fod cig coch yr wden yn ddanteithion iddynt hwy ac i ambell Gymro hwyrach. Weithiau deuai ambell i gargo o gig carw o Lychlyn ar un o longau Caernarfon wedi ei orchuddio mewn rhew o fewn casgenni yn howld y llong.

Ar ôl ymddatod pob botwm ar ei hesgidiau ffasiynol gyda'r siasbin arbennig, wyth botwm ymhob esgid: 'buasai'r bach a dolen wedi gwneud y gwaith cystal,' meddyliai Angharad. Eisteddodd ei mam ar y glwth yn gyfforddus ddiog gan annog Angharad i ddod ac eistedd wrth ei hochr.

"Beth wyt ti wedi bod yn ei wneud tra buom ni oddi cartref?"

"Dim llawer o ddim. Does dim llawer i'w wneud yn y lle 'ma," meddai'r ferch rwystredig gan ddal ei gwynt rhag ofn y gosb a ddeuai.

"Ar ôl cwblhau y cyflogi yn y ffair, cafodd dy dad a minnau wahoddiad a chroeso mawr i'r Clenennau gan Morys ac Ann ei chwaer. Pan welodd dy dad y drysau derw hardd ar bob ystafell yn lle'r tapestri arferol yma ac a wnaed gan eu saer coed hwy, 'does dim dal arno nes y byddwn ninnau wedi cael drysau hefyd.

"Dangosodd Ann bâr o'r menyg pertaf a ddaeth ei brawd iddi o Lundain ynghyd ag amryw o betheuach eraill. Dywedodd Ann yn ddistaw bach nad oeddynt o'r maint cywir, a chawsom hwyl iawn yn sibrwd. Siawns na chawn ninnau rai tebyg pan â dy dad i'r Sioe Frenhinol, er cofia fe ddaw Siôn Huw y porthmon ag unrhyw beth imi a hwnnw'r maint cywir rwyn siŵr – fel clogyn a marabwt arno. Fe ymddiriedwn ynddo i'r geiniog ddwetha, dim marchogaeth iddo fo, wsti. Ni rydd siawns i'r gwylliaid rheibus yna feddwl fod ganddo arian parod na dim o werth yn ei gôd, felly rhydd arno ddiwyg porthmon tlawd.

Gwyliwyd y porthmyn yn dychwelyd ar ôl gwerthu da byw drosom ni'r ffermwyr ac arian wedi newid dwylo. Gwell ganddo Bero'r ci wrth ei ledol a'r mul bach a llwyth ar ei gefn yn y pilyn neu gawell. Gan dy fod yn cwyno nad oes dim i'w wneud yma dos i wneud paned o de i mi, rwyf wedi blino'n llwyr."

Tynnodd Elin Angharad ei allwedd bychan oddi ar y 'chatelaine' oedd ynghlwm wrth ei gwregys, a'r nifer allweddau bychain eraill yn tincian.

"Bydd paned dda yn fy adnewyddu, a thyrd â'r gwpan fach i tithau."

"Dim te i mi, diolch mam."

"Dwy lwyaid o'r te du, un bob un o'r blwch du. Gofala ei gloi wedyn a dod â'r allwedd yn ôl i mi. Dwed wrth Siân am ei drwytho yn dda."

Aeth Angharad drwodd i'r parlwr mawr, yno yn y cwpwrdd tridarn y cedwid y te du a'r gwyrdd. Roedd y te du yn foethusrwydd ac yn costio o chwech i ddeg punt y pwys, ac yn fwy iachusol na'r te gwyrdd, yn ôl ei mam.

"Cofia gymryd y tebot arian nid y tebot pridd. Wrth ei sgaldian mae yn dda am gadw'r gwres i mewn yn well na'r un pridd.

Mae'r te 'ma yn dwyn ar gof dy nain Elin Dafydd, un ddarbodus i'r eithaf yn edrych i lygad pob ceiniog. Daeth dwy o'i nithoedd, dy gyfneitherod Elin ac Alys, drosodd o Iwerddon unwaith a phwys o de du iddi, hi oedd y gyntaf yn yr ardal meddir i gael te. Ni wyddai beth i'w wneud ag o, fe'i berwodd, bwyta'r dail ac arllwys y dŵr."

"Ia, merched Drws-y-coed Uchaf, a aeth i Iwerddon er mwyn cael gwell addysg gyda'r Morafiaid."

"Y Morafiaid, mam."

"Ia, fe ddaethant yma o'r Almaen, sect grefyddol i'r eithaf."

"Tybed oes siawns i mi gael mynd yno hefyd."

"Wel!"

"Wrth sôn am dy daid, cybydd arall, cynnil gyfoethog. Pan yn bur wael galwodd am ei gyfreithiwr i gael gwneud ei ewyllys. Wrth rannu symiau mawr meddyliodd y twrna ei fod yn drysu: "deuaf yma pan fyddwch yn well," meddai hwnnw.

"Agorwch y dror yna ddyn." Roedd honno'n llawn i'r ymylon o sofrenni, ac aeth y cyfreithiwr ymlaen â'r gwaith twrna. Dyna o ble mae ein cyfoeth ni wedi dod yn siŵr i ti."

Roedd Angharad wedi hen flino ar glebran ei mam, a'i mcddwl chwim yn mynd o wersi Ffowc Prys i'r Morafiaid, i Ddulyn, o un i'r llall.

"Ta waeth," meddai Elin Angharad, "awn i Gaernarfon gyda dy dad un o'r dyddiau nesaf. Bydd Robert William ac Edward ap Gruffydd y gwerthwr melfed a sidan wedi cael llwyth o Ffrainc erbyn hynny â'r llongau mewn bri, y cei yn ffwdan a phawb am y fargen orau, awn ninnau i ddangos ein hunain yn yr eglwys y Sul. Minnau mewn gwisg lwyd symud-liw yn agored yn y ffrynt i arddangos y wisg o sidan lliw porffor."

I ryngu bodd ei mam, meddai Angharad:

"Ydach chi'n cofio'r het befar ddel honno, y cantel lydan a'r bluen petrisen uchel. Mae'n debyg roedd i'w gweld o ddrws yr eglwys ac yn symud fel pluen ceiliog ffesant bob tro oeddach chi yn cael sgwrs gyda nhad? O, mam! A chwarddodd y ddwy."

"Rhaid i mi fynd; mae'r corn bual newydd alw ar y gweision i swper."

"Diolch byth," meddai'r ferch wrthi hi ei hun.

"Rwyn disgwyl Rhys Llwyd, y saer celfi-tŷ ar ei ffordd o'r ffair. Mae angen atgyweirio'r ddisgl fawr bres erbyn y bragu. Rhaid i'r dynion gael eu cwrw a chymaint o lwch o gwmpas yn ystod y dyrnu a'r ffyst a'r nithio gyda ffustio gyda'r gwyntyll a sachlïan a hynny ar ymweliad y Person i ddymuno bendith ar y cynhaeaf a syched ar y gweithwyr a dim siawns cael llymed tra'r oedd Person yno, ond meddai ef:

"Twt lol, Jams Dafis, rhowch y cwrw iddynt, a rhen Betsi wedi mynd i'w ddarllaw ar gyfer heddiw a'r ddisgl bres wedi ei atgyweirio."

Hynny o beth a wnai Ffowc Prys yn agos at ei bobl.

"Mae dy dad yma heno i gadw dyletswydd, diolch am hynny."

"Petai nhad a'r hwsmon oddi cartref pam na fuaswn i yn cael cadw dyletswydd, wedi'r cwbl rwyf yn gyfarwydd â Gweddi'r Arglwydd yn Gymraeg, Lladin a Saesneg."

"Yn enw'r Brenin Mawr lle ddysgais di nhw?"

"Wel, mi ydach chi'n gyfarwydd â'r Llyfr Gweddi onid ydach chi mam?", gan wenu. "Diolch i'r diweddar Archesgob Cranmer mae'r iaith a'r dull yn brydferth. Dyna ble rwyf wedi bod yn lloffa."

'Yn y wir', meddai'r fam wrth ei hun, 'o ble ddaeth yr hogan 'ma? Rhaid i mi gael trafodaeth â Jams, dydi hi'n malio botwm corn beth ddyweda i.'

Aeth Elin Angharad drwodd i'r gegin fawr â'i llawr yn llyfn fel ei llaw, y simdde a digonedd o le i gadw'r mawn. Yno ar eu cythlwng roedd y gweision mawr a bach. Y bwrdd hir cyn wyned â'r galchen ar ôl y sgwrio dibaid. Pob un â'i gawg, llwy bren a'i gwpan corn buwch. Ar ben y bwrdd i'r chwith i'r meistr eisteddai'r hwsmon, y penteulu fel petai, gŵr tal cyhyrog, tawel diymhongar. Un gair o gerydd, ac un gair yn unig, oedd yn ddigon i gadw trefn ar y gwasanaethyddion. Yno roedd y certmon, coetsmon, gwarthegydd, garddwr, cyfreuwr i gymhennu'r gêr, gŵr y cowper i gyweirio'r casgenni dŵr. Arhosai'r teiliwr am ddyddiau bywgilydd, deuai'r crydd i wneud clocsiau ac esgidiau'r Sul a deuai â samplau pres gydag ef i'r feistres gael dewis. Roedd y crythor yn dderbyniol i ganu crwth ar ei ffidil. Dysgodd Sion Huw, Angharad i ganu'r delyn pan oedd hi yn ifanc iawn. Deuai y pedlar â'i betheuach, careiau esgidiau, les i'r merched, edau gyfrodedd gwyn a du ac yn y blaen.

Dibynnai y pen bugail a'i gynorthwywyr ar dymor yr ŵyna.

Yn y gegin roedd y morwynion yn darparu'r bwyd, llymru, cig moch, a thatws drwy eu crwyn. Roeddynt wedi hogi eu dannedd ar y bara haidd, ceirch a chaws a'r cwrw i'w golchi i lawr.

Diwrnod i'w gofio oedd diwrnod lladd mochyn, a'r bledren yn un o'r pethau pwysicaf, gymaint gwell ac ysgafnach na'r cnapan roedd mor drwm i'w chicio o un pen ardal i'r llall. Cacnt hwyl fawr a chyfle i golli tymer ac Angharad yn biwis am na châi ymuno yn yr hwyl. "Pa siawns sydd gen i prun bynnag yn y wisg laes 'ma," haerai, ond beth ddywedai ei thad fuasai'n beth arall. Roedd ei brwdfrydedd yn afieithus wrth iddynt anelu at y nod.

I Angharad roedd ymladd ceiliogod hyd at eu gwaed yn sen ar y natur ddynol. Gwehilion a sothach oedd y rheini a lechant mewn llecyn o eithin a rhedyn gan amlaf, weithiau aent i'r fynwent rhwng y beddau. Daeth Angharad ar eu traws yn ddamweiniol un tro ac aeth yn syth at y Rheithor. Roedd hwnnw yn wallgof am iddynt sengi'r fynwent a bu bron iddo roi'r rhedyn ar dân yn y talwrn.

"Diolch Angharad, a minnau yng nghanol fy mhlwyfolion gwael, fy llyfrau, a hyfforddi chi a'r bechgyn nid wyf yn ymwybodol o'r hyn sydd yn digwydd. Fe ddylai y curad fod yn fwy gwyliadwrus."

Tra byddai'r gweision yn bwyta byddai Angharad yn glustiau i gyd wrth gymryd arni gynorthwyo Malan a Lisa'r gogyddes a mynd o dan draed pawb yn anad dim.

Ar ôl eu gwala byddai'r gweithwyr os na fyddai siawns am noson lawen yn y gegin yn ymadael i'r lloft stabl neu i Dafarn y Telyrnau. Sylwodd Angharad nad oedd Twm yn ymuno â hwy a galwodd arno o dan ei gwynt megis: "Diolch i ti am gadw fy nghyfrinach. Gwyddwn yn iawn nad un am frechdan fêl am achwyn wyt ti. Tyrd i mi gael rhoi gwersi i ti. Adrodd y rhain ar fy ôl:

Ionawr Mis yr eira a niwl.

Chwefror Y mis bach. A chofia os y Dderwen ddeilia gyntaf, haf a sychder a ganlyna. Os dail yr

Onnen ddeilia gyntaf gwelir yn sicr haf gwlyb.

Mawrth	Mis y gwynt. (A thraed y meirw, Meistres Angharad ynte?
Ebrill	Mis y glaw. A llifogydd, Meistres, a thridiau deryn du a dau lygad Ebrill. Tri diwrnod olaf Mawrth a'r ddau ddiwrnod cyntaf o Ebrill ac amser y gwcw.
Mai	Mis y ddraenen wen. A'r amser gorau i hau ceirch, Meistres.
Mehefin	Mis yr haf a Gŵyl Ifan, ac amser i'r gwcw redeg i ffwrdd gyda'i rhai bach.
Gorffennaf	Mis cario'r gwair.
Awst	Mis yr ŷd.
Medi	Mis codi tatws. (Daw gŵyl Fair, a Sinai y sipsi a'i theulu, Meistres).
Hydref	Mis y Cynhaeaf.
Tachwedd	Mis dychweliad yr eog nes y blodeua'r bysedd y cŵn yn llawn blodau a potsio, Meistres, Twm, Twm."
Rhagfyr	Mis y Nadolig a gwneud cyflath, a mynd i'r Eglwys yn yr oriau mân, ynte Meistres.

"Dyna ti, da iawn Twm, awn drostynt unwaith yn rhagor."
Sylwodd Angharad fod Twm yn gwingo.
"Pam y brys?"
"Rwyf wedi addo tro ar ddawns y glocsen yn Nhafarn y Telyrnau."
"Wyt ti'n giamstar arni felly?"
"Ni wn ddim am hynny, nid wyf yn awyddus i gael cosfa gan William ap Rhisiart am adael i'r gannwyll-frwyn dreulio

ar y llawr a'r gwêr mor brin."

Oedd, roedd diwrnod lladd bustach yn y Gelli yn bwysig hefyd er mwyn cael cyflenwad o ganwyllau brwyn erbyn y gaeaf. Roedd digon o frwyn o gwmpas y llyn, eu sychu yna eu rhisglo ar ôl iddynt sychu a dyna'r pabwyr yn barod i'w ddodi bob yn eilwaith yn y gwêr, yna byddai'r canhwyllau yn barod erbyn y gaeaf. Dysgodd Twm bach ddarllen yn eu golau.

"Oes yno lawer o hwyl yn y Telyrnau?"

"O oes, Meistres, dawnsio, canu'r delyn, y crwth neu'r ffidil. Mae gwell tro gennych chwi ar y delyn na Marged ferch Risiart."

"Wyddost ti, Twm, gan fod y Meistres a'r Meistr yn diddanu'r Person a'i wraig, siawns os yw Malan yn rhydd oddi wrth ei gorchwylion (mae Marged fy chwaer a'i phen yn y gwynt fel arfer), rhaid iddi ddod yn syth heb berswâd i'r Telyrnau gyda mi. Caf innau roi tiwn ar fy nhelyn i'r dawnswyr ei throedio hi. Rwyf wedi bod yn astudio Euclid a Lladin drwy'r dydd bron yn y Rheithordy (a Twm a'i geg yn agored) a does dim ond diflastod o'm blaen heno." Trodd. Roedd Twm wedi diflannu fel pe bai cwn y fall ar ei ôl .

Aeth Angharad i chwilio am Malan, a bu bron i honno ollwng y tecell copr oedd yn ei loyw ac yn ôl gorchymyn ei meistres ifanc:

"I'r Telyrnau heno. Meistres, ynteu i Dafarn Betws Gwernlliw."

"Ia, pam lai?"

"I'r Telyrnau neu ddim."

"Ydi'r Feistres a'r Meistr yn gwybod?"

"Nac ydynt, maent gyda'r Person a'i wraig ond byddwn yn ôl rhag blaen, 'rwyn addo, Malan. Rhaid iti ddod neu fe af yno fy hunan."

"A finnau yn cael grôt yn ychwanegol am gadw golwg arnoch, does gen i ddim dewis." Tynnodd ei chapan gwyn a'r les a chyrchu ei chlogyn a'r cwfl.

Cerddodd y ddwy yn llechwraidd i'r dafarn. Roedd hwyl ar y dawnsio a'r canu crwth a chymeradwyaeth i Twm bach y Gelli a'i berfformiad o ddawns y glocsen. Yn y miri ni chymerwyd y sylw lleiaf o'r ddwy ferch ar y dechrau, hyd nes y dechreuodd Angharad ganu ei thelyn. Roedd mwy o lawer ar ôl hynny ac Angharad yn ei helfen yn cyd-fynd â Siôn ap Huw ar y ffidil.

Yn sydyn agorodd drws y Telyrnau. Ar y rhiniog, yn llenwi'r porth, roedd gŵr tal cryf a ffon-bugail yn ei law.

Gwyddai Angharad yn syth beth fyddai ei thynged. Distawodd y miwsig a'r dawnsio, daeth John Roberts, pen bugail y Gelli ymlaen, aeth yn syth at Angharad. "Meistres Angharad, beth a phwy ddaeth â chwi yma heno? A yw eich rhieni yn ymwybodol o hyn?"

"Nac ydynt, Meistr Roberts. Fi oedd yn mynnu dod i gael tiwn."

Nid oedd am achwyn na beio Malan. Yn y cyfamser roedd Twm wedi cydio yn y gannwyll wêr a diflannu rhwng coesau'r cadeiriau a'r byrddau i'r gongl bellaf yn un o'r ystafelloedd.

"Dowch Meistres Angharad af â chwi yn ôl i'r Gelli. Pwy yn enw'r dyn sydd gyda chwi?"

"Malan, Meistr Roberts, y fi roddodd orchymyn iddi."

"Gallaf ddeall hynny yn iawn," meddai'r gŵr doeth o dan ei wynt.

"Ni roddaf ar ddeall i'ch rhieni eich bod yn y Telyrnau heno a hynny heb eu caniatâd. Ar y llaw arall ni ddywedaf gelwydd pe baent ar eich trywydd."

Ni fynnai Angharad dramgwyddo'n erbyn John Roberts ar un cyfrif. Gwyddai fel yr edmygai ei rhieni ef. Onid efe a gâi gymryd y fendith bore a hwyr pe bai ei thad oddi cartref a John Roberts yn rhydd oddi wrth yr ŵyna.

Wrth noswylio a'r ddwy eneth wrth ddrws y Gelli rhoddodd John Roberts gyffyrddiad ysgafn â'i law i'w gapan fel arwydd o barch i'r eneth eofn, merch y Gelli, ac ar yr run pryd yn ei rhybuddio: "Cofiwch pwy yw eich rhieni, Meistres Angharad, maent o dras. (Tras eto, meddyliai Angharad). Hedd Molwynog oedd stiward Dafydd, brawd Owain Gwynedd wyddoch chi."

Roedd hynny wrth fodd Angharad a gwyddai John Roberts yn iawn y byddai yn awchu am ragor o hanes.

"Ia, dyna chi o 1170 i tua 1286, dim ond rhyw bum can mlynedd yn ôl." Chwarddodd wrth roi'r wybodaeth. "Da o beth i mi alw ar fy hynt yn y Telyrnau pan glywais sŵn y delyn." Gwenodd yn dadol arni. "Da bo'ch eich dwy."

Ar flaenau ei thraed y cyrhaeddodd Angharad ei hystafell wely. Trodd i gael cip ar ei chwaer. Agorodd y drws yn ddistaw bach. Roedd Marged yn cysgu'n braf, ei doli glwt yn ei breichiau fel arfer. Ffieiddiai y chwaer fawr ati, geneth yn ei harddegau hefyd.

Y bore dilynol aeth Malan heibio'r ddwy ystafell wely i annog y ddwy ferch i godi ar frys.

"Meistres Angharad a Meistres Marged, 'styriwch. Mae ffwdan i lawr yna. Mae'r Felin Wlân wedi mynd ar dân, Felin Penbryn, rwyn feddwl. Beth ddaw o'r merched sydd yn gorfod golchi, pigo, llifo, cribo gwlân a'i ddanfon i dŷ'r pandy i'w sgwrio i gael brethyn, a gwrthban a sanau i'w gwau. Mae'r Meistr fel dyn gwyllt. Ofni'r gwaethaf y mae, a meddwl am fywydau'r gweithwyr, y dynion a'r merched. Mae wedi rhoi cyfrif amdanynt, diolch am hynny."

"Ia wir, ond fe'i hail-adeiladir hi â llythyr cardod i bob tŷ, ynte Malan?"

"Siawns wir, a hynny yn fuan gobeithio, Meistres Angharad."

Gwisgodd Angharad yn gyflymach nag arfer. Gwyddai y loes fyddai hyn i'w thad a phan welodd ef yn rhuthro yn ôl a blaen yn ei grysbais, sylweddolodd y boen iddo ef a chymaint mwy i'r rhai a ddibynnai ar y cyflog bychan i brynu eu bara beunyddiol i'r teuluoedd tlawd, anghenus a niferus.

Nid oedd y bibell hir, het uchel befar neu'r dri-onglog, y ffon a'r ffurel arian oedd mor nodweddiadol o sgweiar y Gelli, i'w gweld y diwrnod yma. Roedd cyflwr y tlodion a olygai gymaint iddo yn fwy na phethau'r byd.

Rhoddodd orchymyn i'w mam a hithau, a'r morwynion i ddarparu digon o ymborth i'r anghenus.

Ia, diwrnod arall i'w gofio oedd hwn hefyd.

"Beth am dy wersi yn y Rheithordy? Nid oedd awydd arnaf i astudio Lladin heddiw'r bore ar wahân i weddi'r Arglwydd – *Pater Noster, qui es in caelis – Panem nostrum quotidianum da nobis hodie.*" Ein Tad yr hwn wyt yn y Nefoedd. Dyro inni heddiw ein bara beunyddiol – Ia dyro iddynt hwy.

Un prynhawn braf gwelid tri marchog eofn, merch a dau fachgen, yn marchogaeth ochr yn ochr ar hyd ffordd Pant Tawel, nepell o dŷ'r Person, Ffowc Prys a'r Gelli.

Merch hynaf y Gelli ar gefn Dorti a dau fab y Rheithordy ar gefn eu merlod hwythau. Wrth eu sodlau yr oedd Twm, gwas bach Y Gelli ar Seren, ei ferlen winau, llygaid ar ei feistres ryfygus a gwneud iawn am y grôt ychwanegol a dderbyniai gan y Sgweiar. Ei swydd y prynhawn yma oedd agor a chau'r llidiardiau a arweiniodd i'r mynydd.

Onid oedd y Person wedi ysbrydoli y tri â'r Mabinogion, y chwedlau Cymraeg a hwythau yn byw yn y fro?

"Ymlaen, ymlaen, cyflymach, cyflymach. Dowch, dowch, ar ôl y Twrch Trwyth, tad a theyrn y genfaint foch. Felly soniodd dy dad ynte, Huw?"

"Wrth gwrs, wrth gwrs, Angharad."

"Ond beth ddywedai'r sgweiar pe bae ei feistres fyrbwyll yn cael damwain a hithau mor wyllt, ac yn sicr byddai hogia'r buarth yn rhoi fy mhen mewn pwced o ddŵr achos pwy fuasai yn rhoddi gwersi Saesneg iddynt wedyn. Roedd Meistres Angharad wedi dysgu'r wyddor i rai ohonom yn barod, ac ychydig o ysgrifen-law, er mai ysgriblo fyddwn, bid siŵr. Fel dail yr Hydref ar chwâl aeth hyn i gyd drwy feddwl

Thomas.

"Arafwch, arafwch, myn Duw, Meistres Angharad."

Ar y gair bron yn y drum draw gwelid cyffro mawr.

"Y Twrch Trwyth," gwaeddodd Angharad, "Tyrd Twm i roi cymorth inni."

"Nid y Twrch Trwyth na'r baedd coed claerwyn yw hwnna a hudodd Pryderi ei wŷr a'i gŵn yn ôl fy nhad, rwyn siŵr, gwaeddodd Rhys."

Bloeddiodd Twm.

"Na, na rhen hwrdd ddiawch 'na wedi mynd ynghlwm yn y prysgwydd yw hwnna. Gadewch iddo fod, y fo â'i gyrn crymog a miniog. Yn ôl rwân cyn i'r Meistr a'r Rheithor eich gweld."

Twm oedd y ceffyl blaen yn awr.

Trodd y tri marchog yn ôl heb yngan gair. Siwrnai seithug a gawsant y prynhawn hwnnw.

Fel yr oeddynt yn marchogaeth ar i waered o'r mynydd tuag at ffrydiau'r Gelli, daeth llais Angharad i ddadebru'r ddau wron a Twm y gwas.

"Tomos, dos â Huw a Rhys yn ôl i'r Rheithordy a gwna yn siŵr fod Robat Huws, gwastrawd Ffowc Prys, yn gofalu am y merlod."

"Wrth gwrs, Meistres."

Fel yr oedd Twm yn troi am y Rheithordy ac yn edrych o gwmpas gwaeddodd yn sydyn:

"Meistres, Meistres, edrychwch mae Sinfi â'r garafán wedi cyrraedd y ffrwd." Edrychodd Angharad i'r un cyfeiriad. "Mi wyt ti yn llygaid dy le." Yna sibrydodd: "Ar ôl swpera a minnau wedi cadw dyletswydd gan nad yw fy nhad a John Roberts ar gael heno, cofia ddod gyda Malan a minnau i ymweld â Sinfi, Maria a Meredith Lovell ei rhieni. Dim gair wrth fy nhad, cofio."

I ffwrdd yr aeth Twm gan ysgwyd ei ben. Gwell fuasai ganddo gael sgwrs gyda Sinfi ar ei phen ei hun.

Gan y byddai Malan gyda hwy, câi hi rannu'r bai pe baent

yn cael eu dal.

Cyflawnodd Angharad ei chytundeb â'i thad y noswaith honno. A gweision cyflog y Gelli a'r ymwelwyr teithiol o gwmpas y bwrdd hir, eu pennau wedi plygu ac yn gwrando yn astud ar y feistres ifanc a oedd i gadw dyletswydd am y tro cyntaf. Arhosodd am osteg ac aeth ymlaen:

> "Arglwydd gwna ni'n offer yn dy dangnefedd
> Lle bo tramgwydd, maddeuant,
> Lle bo amheuaeth, undeb,
> Lle bo anobaith, gobaith,
> Lle bo tywyllwch, goleuni,
> Lle bo tristwch, llawenydd, Amen."

"Bydded bendith Duw ar y darlleniad yna."

Sylweddolodd fod y morwynion a Marged ei chwaer a'r gwasanaethyddion yn parhau mewn gosteg o barch.

"Da merch i," sibrydodd yr hwsmon ac yr oedd hynny yn rhyngu bodd Angharad. Wrth feddwl am y gymysgedd o ddynoliaeth oedd wrth y bwrdd mawr hir tybed a oedd undeb, gobaith, llawenydd, a ffydd yn anad dim yn perthyn iddynt. Y porthmon yn bwysig, y gof yn sefydlog gan nifer y ceffylau oedd yn y Gelli, y beirdd a'u prentisiaid, yna'r Melinydd. Y dywedir mai Felin Nantlle a ofalai am flawd i adeiladwyr Castell Caernarfon yn yr hen ddyddiau. Yna'r crefftwyr cyrnhirlas cywrain a wnâi'r cyrn yfed neu gorn hela o gyrn bystych drwy ei grafu yn wag oddi mewn a'i gaboli oddi allan hyd nes y gwelai Angharad ei llun ynddo, y rhain i gyd yn hanfodol i'w bywyd hi a'r teulu i gyd. Teithiai'r teiliwr o ffarm i ffarm i dorri siwtiau brethyn cartref. Golygai aros am ddyddiau.

"William ap Tomos, beth yw'r newyddion o'r dref fawr yna holai'r Feistres?" "Chwit chwat fel arfer yw'r teulu brenhinol. Mwy o dwrw nag o daro. Bûm i yn ffodus. Cefais afael ar ful i fynd drwy buswail y gwartheg ar hyd y strydoedd culion, llawn lladron a chardotwyr heb le i roi eu pennau i lawr na siawns o ble y deuai y pryd nesaf. Byddwn yn ysu am gyrraedd Llwydlo. Ni cheir yn y brifddinas ddim bwdran llygadog, na dŵr ffynnon rhedegog, nac uwd, nac ymenyn o dan yr ordd, na llymru a llaeth gafr unlliw na llaeth enwyn sur a thatws, na brithylliaid afon y Ffrwd na chacen dan radell, Meistres."

Fel o lech i lwyn symudodd Twm tuag at Angharad a gwyddai hi fod ganddo rywbeth i'w ddweud wrthi.

"Meistres Angharad, mae carafán Sinfi wedi cyrraedd i lawr wrth y ffrwd. Roedd yn holi amdanoch a sut hwyl oeddych yn ei gael ar y delyn, y crwth a'r ffidil. Byddant yn aros am rawg y tro yma, meddai Sinfi, gan fod gan Shoni ei brawd addewid gan y Meistr am waith codi tatws. Gofynnodd hefyd, sut hwyl oeddych yn ei gael ynglŷn â'r iaith. Rwyn hoffi Sinfi. Mae yn hynod o dlos, Meistres."

"Waeth iti heb. Twm, nid yw Romani yn priodi gajo."

"Wir yr?"

"Wel, fel yr adroddais i heno, os oeddet ti yn gwrando. Rwyt weithiau fel hwch yn yr haidd, heb gymryd sylw. Ffydd a gobaith, cofia hynny. Tyrd, mae Malan yn aros amdanom i fynd i lawr."

Yno wrth y ffrwd roedd carafán melyn a choch, ei llorpiau i fyny fel pe yn eu croesawu. Wrth ymyl roedd y gaseg wedi ei llyffetheirio a'r rheini yn cloncian gyda'r symudiad lleiaf. Nid oedd raid rhoi'r mul a gludai'r gawed gefn yn ddiogel, cadwai at y gaseg,

Galwodd Angharad ar Twm: "Wyt ti wedi sylwi ar y blew ar ffurf croes ar gefn Ned?"

"Naddo," gan ysgwyd ei ben.

"Arwydd o groes Iesu Grist. Ar gefn mul y dygwyd ef i'w groeshoelio. Mae yn cadw drygioni draw yn y man."

"Diolch i chi, Meistres Angharad, 'rydych yn dysgu rhywbeth newydd i mi bob dydd."

Roedd Angharad yn eithaf bodlon ei byd, gan iddi gyflawni y dasg oedd ei thad wedi ei rhoi iddi y noswaith honno, sef cadw dyletswydd, ac edrychai ymlaen ar ôl hynny i fynd i lawr i'r ffrwd i gael sgwrs gyda Sinfi'r sipsi. Roedd yr hwsmon a'r certmon a'r gweddill o'r gweision ynghyd â'r crefftwyr dwad yn eu llofftydd uwchben y stablau a'r ysgubor. Gwelodd Twm yn dod ar draws y buarth. "Yli Twm, os wyt ti gymaint o ffansi i Sinfi Lovell," a chwarddodd Angharad, "ac i chwi ddyweddïo, rhaid i chi'ch dau dorri cangen fechan o'r pren collen rhyngoch, os yn gonglog, fydd dim gobaith, ond os wedi ei dorri yn lân priodas. Cofia ni fydd y sipsiwn yn priodi yn yr eglwys, Bydd raid i chwi lamu dros goes ysgub neu frws, dyna ti Tomos, mae mor hawdd a hyna."

"Na ddim i mi," ac ysgwydodd ei ben o ochr i ochr. Beth fuasai mam yn ei ddweud a minnau wedyn yn gorfod byw mewn tŷ tywyrch ar gytir y plwyf?"

Roedd yn parhau i ysgwyd ei ben wrth gyrchu Seren a Dorti o'r stabl bach ymhen pellaf y buarth.

Rhoddodd Angharad ei throed ar yr esgynfa ac arwyddodd i Malan ddringo i fyny ac eistedd ar ei hochr ar hynny o gyfrwy oedd ar ôl iddi.

Yna aeth y ddwy ferlen ar duth i lawr yr allt tuag at y ffrwd yn y pant.

Yno, ar lain o dir roedd y garafán bertaf coch a melyn a'r drws deuddarn yn agored, a llorpiau'r carafan yn sefyll i fyny fel pe yn eu croesawu go iawn y tro yma. Daeth Sinfi allan yn wên i gyd. Roedd Twm yn iawn, roedd hi yn dlos, ei gwallt muchudd yn gyrliog a'i chroen yn felynddu a'r llygaid tywyll yn dreiddgar. Siglai clustdlysau coch wrth iddi redeg i lawr i'w chroesawu.

"Meistres Angharad, croeso, croeso."

"Diolch, Sinfi, ond ple mae eich rhieni, Maria a Meredith Lovell?"

"Mae mam yn gwerthu pegiau a'r gweill pren a ddefnyddir

gan y cigyddion mewn darnau o gig. Fe â o dŷ i dŷ, a bydd croeso iddi gan y golchwragedd lle y golchant ddillad y byddigion a'r bobl ariannog a ddefnyddia'r pegiau, ac y mae'r arian yn dderbyniol am fod y ffatri bellach wedi llosgu'n ulw.

"Fe gofiaf y diwrnod hwnnw yn dda, Sinfi."

"Meistres Angharad, wyddoch chi, nid yw'r llythyrau cardod wedi cyrraedd y plwyf eto a bwyd ac arian yn brin. Mae'r gwyntoedd cryfion yn sgrialu'r pegiau a'r dillad i bob cyfeiriad er fod y pegiau wedi eu gwneud yn gywrain o'r helygen neu'r gollen, eu hollti a rhwymo'r pen â stribedi o dun."

"A dy dad Sinfi, a yw mewn iechyd?"

"O ydyw, debyg ei fod gyda'r Sgweiar yn trafod ceffylau fel arfer. Fe ddug fasgedi o wiail yr helygen a rhwydau pysgota gydag ef 'run pryd. Dyna ddigon amdanom ni."

"Na, rwyf wrth fy modd. Gwn yn awr sut ydych yn treulio'r gaeaf," a chwarddodd y ddwy. Yn y cyfamser roedd Twm yn cadw golwg ar y merlod a 'run pryd yn mwytho'r milgi brych.

"Dowch i mewn, Meistres Angharad. Sut mae ein iaith Romani yn datblygu erbyn hyn?"

"Mae Gweddi'r Arglwydd yn bwysig i ni, wyddoch chi, Sinfi, felly rhoes gynnig arni yn eich iaith chwi,

> *Amaro dad ka shan are o ravnos.*
> Ein Tad yr hwn wyt yn y nefoedd.
> *De amien Kedives amaro diveseko maro,*
> Dyro inni heddiw ein bara beunyddiol."

"Sut hwyl gefais i dybiwch, Sinfi?"

"Da iawn, Meistres Angharad, dyna i chwi iaith arall at y Lladin."

Ond trwy gil ei lygaid gwelodd Twm, Siôn Ifan y porthmon yn dod i lawr yr allt yn furum o chwys, y milgi brych a'r milgi bronwyn yn sgrialu i bob man.

"Meistres, Meistres, dacw Siôn Ifan yn dod ar frys. Ydi'r

ydlan neu'r gadlas ar dân tybed?" Brawychodd Sinfi a oedd yn sefyll gerllaw ac ymestynnodd am ei chlogyn.

"Na," gwaeddodd Angharad, "Brysiwch oddi yma," gan nodio ar Twm a Malan, "Fy nhad sydd ar dân rwyn siŵr, wedi bod yn chwilio amdanaf."

Ar hynny, clywodd farchog yn carlamu i waered, a phedolau'r gaseg yn tasgu mellt i bob man. Erbyn hyn roedd Twm a Malan wrth ei gwt, wedi diflannu i glwstwr o redyn a phrysgwydd tra roedd Seren a Dorti yn pori yn braf.

"Na hidiwch, Sinfi, nid yw fy nhad mewn tymer dda heddiw. Diolch i chwi prun bynnag am eich croeso."

Tynnodd Sinfi ei chlogyn coch yn dynnach amdani a'i llygaid duon treiddgar yn dangos yn eglur na châi gajo na bonedd ddwyn anfri ar ei thylwyth.

Drwy gil ei lygaid yntau gwelodd y sgweiar y ddwy ferlen yn pori gerllaw.

"Angharad," taranodd ei thad. "Waeth i ti heb na cheisio llechu tu ôl i'r goeden helygen 'na." Daeth allan i wynebu ei thad.

"Wedi bod yn dysgu iaith y Romani gyda Sinfi ydw i."

"Ar dy ben dy hun?"

"Wel . . ."

"Mae'r merlod fan draw yn dangos yn eglur pwy ddaeth gyda thi."

"Ond nhad."

"A minnau yn rhoddi grôt yr un iddynt am edrych ar dy ôl. Bydd dy fam yn wyllt, merch y Gelli yn hobnobian gyda'r Sipsiwn. Beth wnei di nesaf ferch? Cofia pwy yw dy gyfeillion – gor-gor wyrion Edmwnd Prys, archddiacon a bardd. Nid fod raid iddo fo fynd i chwilio am addysg at y Sipsiwn."

"Nhad, nid yw bechgyn y Rheithordy gartref bob amser. Yn y twll lle 'ma, beth arall wna i?"

"Dos i gyrchu Dorti yn enw Duw, paid byth, byth a galw Nantlle yn dwll o le."

Yn waeth roedd Dorti yn anfodlon ymadael â'r borfa fras wrth y ffrwd. Ysgydwai'i phen a throi a throsi oherwydd yr aflonyddwch arni. Tra yn disgwyl i'r perfformiad ddod i ben troi a throsi Caledfwlch a wnâi Jams Dafis hefyd hyd nes ei gael i wynebu tuag adref. Disgwyliodd. Aeth y ddau ochr yn ochr i fyny'r allt ac i waered wedyn i'r Gelli. Nid oedd tymer Jams wedi lleddfu fymryn. Arhosodd ennyd cyn disgyn oddi ar y march ac meddai:

"Paid byth â dilorni Nantlle, a chan dy fod fel fi yn hoff o ysgrifennu a chasglu cerddi dyma un fel y canodd fy hen ffrind Wil (heddwch i'w lwch) am y Nant:

Brenhines y dyffrynnoedd, gwlad Cymru wyt ti,
O, Nantlle, mewn cyfoeth wyt uchel dy fri,
Hawddamor it ddyffryn gorenwog y Nant
Boed heddwch i'th lennyrch a llwyddiant i'th blant.

Disgynnodd Angharad oddi ar y gaseg, rhoddodd y cyfrwy i'r certmon ac aeth i mewn i'r tŷ yn benisel.

Ac Angharad, pwy a ŵyr, gobeithia fod hyn yn drobwynt yn ei hanes.

Aeth Jams i bob twll a chornel i chwilio am ei wraig.

"Elin Angharad," gwaeddodd nerth ei ben, "Ble yn y byd ydach chi?"

"Yn y parlwr bach, Jams. Beth sy'n bod yn enw pawb?"

"Ond Angharad."

"Beth amdani rwan? Ddim wedi cael codwm oddi ar Merlin neu Seren, gobeithio."

"Na gwaeth na hynny. Wyddoch chi ple mae hi wedi bod heno?"

"Na wn i."

"Gyda'r sipsiwn."

"Beth?"

"Ia, yn dysgu'r iaith, meddai hi. Beth wnawn ni gyda hi? Roedd yn ddigon haerllug i alw'r Nant 'ma yn dwll o le."

"Yn enw'r nefoedd, gyda'r sipsiwn!" Roedd Elin Angharad bron â llewygu.

"Ia."

"Pam?"

"Rhaid gwneud rhywbeth, Elin Angharad."

"Does ganddi'r diddordeb lleiaf mewn cadw tŷ. Dim ond dysgu ieithoedd a rŵan am fod ganddi Feibl Bach ei hun, mae a'i thrwyn yn hwnnw byth a beunydd."

Merch y Gelli yn cyfeillachu â'r sipsiwn. Er cofiwch, maent bob amser yn barchus ohonom."

Erbyn hyn roedd Jams wedi gweld golau dydd, ac meddai, "Mae gennyf syniad Elin Angharad."

"Iawn, a beth yw hwnnw?" A Jams wrth y llyw ac yn gadarn fel hen dderwen rhoddodd ei gwau ar un ochr.

"Af â hi i ymweld â'i modrybedd yn Nolwyddelan. Cawn weld wedyn."

"Fe gaiff ei ffordd ei hun a'i difetha fan honno!"

"Mae William Prichard yr hwsmon a hithau yn dipyn o law a chânt lawer o hwyl yn prydyddu."

"A pheth arall, fe gaiff siom a braw pan ddaw yn ôl o Ddolwyddelan."

"Sut felly, dim rhagor o gyffro, gobeithio?" a daliodd ei gwynt.

"Yn gyfrinachol, rhyngom ein dau dywedodd Ffowc Prys y bydd y bechgyn yn dechrau yn ysgol Caerwynt, neu Winchester yn ôl y Sais. Hynny ar ôl yr haf."

"Jams, Jams, beth ddaw ohoni wedyn."

"Cawn weld."

"Ni allai Elin Angharad weld golau dydd yn unman."

"Dim ond blwyddyn fydd y ddau yn Caerwynt, yna bydd y drysau yn agored iddynt fynychu Caergrawnt wedyn."

"Ond dim ond un-ar-bymtheg ydynt."

"Mae Ffowc wedi eu trwytho hwy ac Angharad, chware teg iddo, yn y celfyddydau, paid â phoeni."

"Ond Jams!"

"Bydd cael caseg newydd yn gymorth iddi ddygymod â'r sefyllfa hwyrach. Mae yn eithaf bodlon ar Merlin erbyn hyn."

"Gwell inni ei galw yma. Fe gewch chi dorri'r newydd iddi. Af i drefnu ei dillad."

"Wrth gwrs fe â Tomos gyda ni."

"Diolch am hynny. Caiff edrych ar ôl y ceffylau os nad i gadw llygad ar Angharad."

"Waeth iddo ennill ei rôt ychwanegol yno ddim. Anfonaf ef o'n blaenau drennydd i'w rhybuddio yn y Cwm y byddant yn cael gwesteion tradwy."

Gwelodd Angharad ei mam yn dynesu, a disgwyliodd gerydd ganddi, ond er mawr syndod y cwbl a ddywedodd â hanner gwên:

"Mae dy dad am air gyda thi yn y parlwr bach."

"Tyrd eistedd ar y glwth mae gennyf gynigiad iti."

"Ia nhad?" a daliodd ei gwynt.

"Beth ddyliet ti am ymweliad â dy fodrybedd yn Nolwyddelan?"

"Buaswn wrth fy modd."

"Gan fy mod ynghlwm wrth y Festri sydd yn gweinyddu holl weithgareddau y plwyf a minnau fel y gwyddost yn arolygwr y tlodion, swyddog y ffordd fawr i Gaernarfon ac yn awr mae'r trethdalwyr wedi fy ethol ar y Festri Ddethol a'r Degwm yn poeni pawb, ni welaf fy ffordd yn glir i aros ond dros nos."

"Dim ond hynny, nhad?"

"Fe gei di a Tomos, fydd yn cadw llygad arnat ti a dy farch newydd Fflam, aros am wythnos fwy neu lai, hynny yn dibynnu ar dy fodrybedd. Byddwn yn cychwyn ymhen tridiau. Fe â Tomos o'n blaen i'w rhybuddio. Caiff Malan ddod hefyd."

"Iawn, nhad."

"Bydd yn ymarferiad i Fflam, a chawn weld y wlad oddi

39

amgylch unwaith yn rhagor. Mae dy fam yn trefnu dy ddillad yn barod."

"Rhaid i mi ffarwelio â Huw a Rhys, wrth gwrs."

"Rhaid, rhaid," a Jams mewn cyfyng-gyngor beth i ddweud wrth y bechgyn, ac wrth y Person yn anad neb, a ffwrdd â hi ar gefn Fflam i'r Rheithordy.

"A ninnau ar ganol y Primer, Angharad."

"Gresyn yn wir Meistr Ffowc Prys, ond fe ddywedaf fy mhader yn Lladin bob dydd, gallaf eich sicrhau, Syr."

"Da iawn chi, Angharad."

Nid oedd am ddatgelu iddynt mai penyd oedd hyn yn sicr am iddi fynd i wersyll y sipsiwn heb ganiatâd, a hithau yn gyfeillgar ac yn ddyledus i Sinfi am ei dysgu yn iaith y Romani. "Af i'w gweld yn ddistaw bach pan ddaw'r cyfle cyn mynd. Nid yw'r gajo yma am gwympo allan gyda'i ffrind Sinfi," meddai wrth ei hun,

"Mae'n dibynnu faint o groeso gaiff Twm, Malan a minnau. Dim ond noswaith fydd fy nhad yn aros."

"Beth wnawn ni heb Twm i edrych ar ein hôl," holodd Rhys.

"Na hidiwch, fechgyn. Prun bynnag, ni fydd angen Tomos arnoch bob amser."

"Ond nhad?"

Roedd y Person yntau mewn cyfyng-gyngor!

Nid oedd hyn oll yn achosi penbleth i Angharad ymweld â'i ffrind Sinfi. A Thwm ar ei ffordd allan o'r gegin ar ôl swpera galwodd arno!

"Yli Twm, rwyf am fynd i ffarwelio â Sinfi heno doed a ddelo."

Nid oedd dim os nac oni bai gan y gwyddai yn rhy dda mor benderfynol oedd ei feistres ifanc.

"Dim marchogaeth. Awn â Phero efo ni gyda'r cyfnos, o lech i lwyn, wsti. Bydd Malan gyda ni hefyd."

"Ond Meistres!"

Tomos oedd mewn cyfyng-gyngor y tro yma, ond waeth heb ddim, neu byddai ei wersi yn mynd i'r gwynt, a phwy arall a fuasai yn cymryd trafferth i ddysgu ychydig o Saesneg iddo. Roedd hi eisoes wedi ei ddysgu i ddarllen Cymraeg.

"Tyrd Pero, gorwedd wrth fy nhraed."

Sythodd wrth feddwl y gallasai ymarfer ambell i air Saesneg gyda'r porthmyn, ac yn hoff o glustfeinio ar sgwrs y teiliwr, a siawns rhyw dro cael ymuno gyda rhai o ddisgynyddion Edward Morys, Perthi Llwydion, ar eu ffordd i dref fawr Llundain. Ond roedd ef yn fardd hefyd. Braint fuasai cael mynd gyda'r gyrroedd fel gyrrwr er y cyflog bach a'r gwaith caled, llai na'r hyn oedd yn ei gael yn y Gelli a'r grôt ychwanegol i gadw golwg ar ei feistres benderfynol. Erbyn meddwl buasai raid iddo gysgu allan dan y gwrychoedd yn y caeau a'r gwartheg, tra'r oedd y porthmyn yn swagro yn y tafarndai a thalu grôt neu chwe cheiniog y noson am wely yn unig. Oherwydd y gwylliaid a'r lladron penffordd rhoddwyd, yn ôl a ddeallai Twm, drwydded a hynny drwy'r senedd i'r porthmyn fynd yn ddianaf gyda'i gyrroedd. Hwynt hwy â'u arian sychion oedd yn cadw'r wlad rhag mynd â'r maen i'r wal. Deffrodd Twm yn sydyn o'i synfyfyrio.

"Dim gair," sibrydodd rhywun yn ei glust.

"Dim sŵn, Pero," gan anwesu'r ci. Tybiai Malan mai drychiolaeth oedd pob llwyn o ddrain ac mai cannwyll corff oedd llewyrch y glöyn wrth y clawdd. Sibrydodd Angharad, "Dim ond tân bach diniwed ydi rheina." Ymlaciodd Malan.

Cyrhaeddodd y tri anturus odra'r allt. Roedd y garafán yno o hyd a channwyll frwyn wedi ei goleuo gan fod y cyfnos wedi goddiweddyd y wlad oddi amgylch.

Rhoddodd Pero gyfarthiad pan synhwyrodd fod y milgwn brych a bronwyn du yno ac, fel yntau, ynghlwm wrth ei dennyn.

"Bydd ddistaw Pero. Wyt ti eisieu pawb wybod ein bod yn mirsio." Swatiodd Pero yn syth.

Gan fod hanner uchaf y drws yn agored eisoes, agorodd yr hanner isod ac yna fe'i croesawyd gan Sinfi a'i mam.

"Meistres Angharad, beth mewn difri a ddaeth â chwi a'r ddau gajo yma heno?"

"Mae'r amser yn brin, Sinfi." Trodd at Maria ei mam. "Gobeithiaf nad wyf yn ymyrryd arnoch. Mae arogl y cawl a'r llysiau yn codi chwant arnom, ninnau o'r braidd wedi swpera." Chwarddodd pawb.

"Gan fy mod yn ymweld â fy modrybedd yn Nolwyddelan yfory rhaid oedd imi ymddiheuro am ymddygiad fy nhad y dydd o'r blaen."

"Na hidiwch, Meistres Angharad."

"Nid oeddwn wedi gofyn am eu caniatâd cyn dod, dyna graidd y mater."

"Wel felly, nid oes dim arall i'w ddisgwyl," meddai Maria, chwarae teg iddi. "Mynd i bentref y Ddoli felen felly."

"Diolch yn fawr i chwi, Sinfi, am fy hyfforddi. Gallaf eich sicrhau y byddaf yn canlyn ymlaen gyda'r iaith Romani. *Dei gratis*."

Datglymodd Twm y ci, a Phero wrth ei fodd yn rhydd ond eto ynglwm wrth ei dennyn.

Cychwynnodd y tri i fyny'r allt yn llechwraidd, a galwodd Sinfi, "Vale, Meistres Angharad, a chwithau Tomos a Malan." Sythodd Twm a chododd ei law arni.

Roedd yn noswaith serennog braf a Thwm â'i ben nid yn y cymylau, ond yn y sêr gan iddo gael cipolwg ar Sinfi.

Wedi cyrraedd y Gelli roedd Elin Angharad yn eu disgwyl.

"A phle ydych chi wedi bod?" holodd.

Roedd Angharad yn barod bob amser, "Welsoch chwi mo'r seren wib neu'r seren gynffon, ynte Tomos? Roedd yn werth ei gweld."

"Oedd yn wir, Meistres Angharad!" Ni allai ef wadu hynny.

Chwarddodd Angharad.

Y bore dilynol roedd Elin Angharad ar garreg y drws yn

ffarwelio â hwynt a'r dagrau heb fod ymhell.

"Byddwch yn ofalus Jams, a Tomos bydd yn garcus, ydi dy glocsia gen ti? Bydd y pedolau wedi treulio ar ôl yr holl ymarfer yna o flaen y merched. A Malan, edrych ar ei hôl, wnei di?" Waeth iddi hithau ennill ei chwe cheiniog. Trodd at Angharad. "Ydi dy delyn gennyt tithau?"

"Ydi siŵr iawn. Beth wnewch chi hebdda i mam?"

"Paid â phoeni, mae'r cogail o dan fy mraich fel y gweli yn barod i'r gwlân a'r llin erbyn y gwau. Byddaf yn brysur yn y bwtri hefyd yn arolygu'r morwynion, a Siwan yn arbennig fydd yn darparu blodau sawdl-y-fuwch a'r briallu i wneud y gwin. Mae braidd yn gynnar i'r ysgawen, eirin mair, mwyar a'r mafon. Rhaid gofalu am y cwrw brag i'r hogia hefyd. Mae'r costreli yn barod. Hwyrach y caf ymweliad gan un o ferched Drws-y-coed neu Talmignedd i godi fy nghalon. I ffwrdd â chi." Trodd ar ei sawdl.

Ymaflodd Jams yn awenau Caledfwlch, rhoddodd ei draed yn y warthol, cyfarchodd y gwas ei feistr: "Siwrna ddiogel, Meistr," a chyffyrddodd ei benwisg yn nawddogol. Cychwynnodd y pedwar marchog, Angharad a'i thad ar y blaen a Malan a Thwm o'u hôl.

"Fe gymerwn ni'r ffyrdd Rhufeinig hyd y gallwn, maent yn union fel saeth ac yn gadarn, yn hytrach na'n ffyrdd ni sydd yn lleidiog a llawn o dyllau a phyllau. Fel goruchwyliwr y ffyrdd bydd yn rhaid i mi ddod â hyn i sylw'r Festri Ddethol. Er Deddf y Priffyrdd ganrif a mwy yn ôl roedd yn ofynnol i'r plwyfolion roi cyfran o'u hamser i'w cadw."

"Pam y ffyrdd Rhufeinig, nhad?"

"Ar ôl cannoedd o flynyddoedd maent yma o hyd. Rwyf yn ddiweddar wedi bod yn astudio eu sylfaeni a'u ffurf allanol."

"A beth y bu i chi ei ddarganfod?" Holi a stilio, dyna sut oedd y ferch athrylithgar yn dysgu.

"Wel, i ti, ar ôl torri dwy ffos yn gyfochrog, rhai llathenni, llwythi o gerrig mân a mortar, yna graean a chalch, yna debyg ei guro yn drwm cyn gosod llechi mewn rhyw fath o sement. Maent wedi parhau am gannoedd o flynyddoedd, a ninnau mewn llaid a baw. Roedd y Rhufeiniaid yn gwybod sut i wneud ffyrdd."

"Tybed."

"Wir i ti, cyhyd â bod yr hen Gymru yn talu eu treth caent rodio yn rhydd i hela, bugeilio a rhyfela â'u cymdogion am ragor o'r cytir, a rhoi cyfran o'u hamser wrth gwrs i gymennu'r ffyrdd.

"Diolch nhad." Roedd hynny'n ddigon iddi hithau gnoi cil arno.

Trodd Jams Dafis yn ôl i edrych ar ei wasanaethyddion. Roedd y ddau yn ymgomio'n braf ac yn mwynhau rhyddid am y tro.

"Yli Angharad, dacw'r Ffridd Uchaf. Mae'r Wyddfa a'r Aran yma o hyd, ac meddai'r hen air, 'nid eir drosti ond yn araf'. Dacw Lyn Gwynant a draw yn y fan acw y mae Hafod Lwyfog. Coffa da i mi am Hafod Lwyfog lle'r oedd y nosweithiau llawen yno erstalwm. A wyddost sut y cafodd yr Hafod yr enw Hafod Lwyfog?"

"Na wn i, ond fe hoffwn wybod," ac Angharad yn glustiau i gyd fel arfer.

"Yn ôl traddodiad roedd bugail yng Nghwm Dyli wrth y Llyn Glas yn arfer gwylio'i braidd mewn hafoty. Un bore pan ddeffrodd gwelai ferch yn trin plentyn ac i bob golwg nid oedd ganddi ddilledyn i'r baban. Cododd yntau a rhoddi un o'i grysau iddi roddi amdano.

"Trueni, nhad."

"Nid hynny yw diwedd y chwedl os chwedl hefyd. Bob bore yn ddiffael byddai darn o arian wedi ei adael mewn hen esgid. Fe ddaeth y bugail yn ddyn cyfoethog a phrynodd yr Hafod a'i alw yn Hafod Lwyfog oherwydd y llwydd ddaeth i'w ran am ei garedigrwydd."

"Wel dyna ddiddorol, 'nhad."

"Awn ymlaen 'nawr heibio'r llyn, drwy Fwlch y Gylfin, Rhyd-ddu, Godre'r Wyddfa a heibio i Hafod Lwyfog. Mae gennyf ragor i'w ddwuud wrthyt am yr Hafod; yno y ganwyd y gof aur, John Williams, mab William Coetmor, disgynnydd o'r Wyniaid. Ef a roddodd lestri Cymun i Eglwys Beddgelert, a chodi capel anwes Nanhwynen. Roedd yn fath o fancar hefyd. Byddai yn rhoi benthyciad arian i neb llai na pherthynas iddo, Syr John Wynn o Wydir, a'i sicrhau yr ad-delid pan ddychwelai'r porthmyn o Lundain, Llwydlo neu Ashford. Dyna ti, mae wedi bod yn argyfwng ar dir-feistr y Cwm hefyd."

"Pwy fuasai yn meddwl, ynte?"

"Awn drwy Fwlch y Rhediad, yna ar hyd y ffordd Rufeinig sydd yn cysylltu Nanhwynen a Dolwyddelan."

Edrychodd y sgweiar yn ôl, cododd ei law ac aeth yn ei flaen.

Tynnodd Twm yng nghenfa Dorti ac aeth ymlaen at ei feistr, gan gyffwrdd â'i gap.

"Popeth yn iawn, Meistr?"

"Ydyw, Tomos, siwrne hyfryd. Ni fyddwn yn hir cyn cyrraedd y Cwm. Beth am Malan?"

"Mae hi wedi mwynhau yr olygfa, Syr."

"Bid siŵr, nid yn aml mae hi yn cael llaesu dwylo, ynte. Rhaid i ti ddisgwyl yn dy unfan amdani gan nad oes llawer o le i droi yn ôl ar y ffyrdd cul yma."

"Wel, dyma ni wedi cyrraedd Dolwyddelan a dacw Cwm Penamnen wedi ei ffrwythloni â'r ffrydiau ac yn gorwedd mor dwt ar lan afon Lledr wrth droed Moel Siabod.

"Pam Dolwyddelan, nhad?"

"Haerai rhai yn ôl llên gwerin fod un Elen Luyddog, merch Coel Godebog, wedi byw yma, ond haws gen i feddwl mai am fod y Sant boreol Gwyddelan wedi dod â'r efengyl i'r gymdogaeth yr enwyd y plwyf er coffadwriaeth iddo. Wyt ti'n fodlon?"

"Wrth gwrs, nhad a diolch i chi." Aeth Jams Dafis yn ei flaen ar drot.

"Dacw'r hen gastell yn sefyll o hyd."

"Ydio yn hen?"

"Nid wyf yn cofio'n iawn, ond mae'r safle yma ers amser Maelgwn Gwynedd. Fe fu Llywelyn ap Iorwerth yn byw ynddo tua'r drydedd ganrif ar ddeg. Bu farw o'r parlys. Claddwyd ei gorff mewn arch garreg ac y mae i'w gweld yn Eglwys Llanrwst."

"Diddorol iawn."

"Bydd raid i ti ofyn i William Prichard ddweud mwy o'r hanes wrthyt."

"Ylwch, dacw Modryb Lowri a Modryb Elin yn disgwyl amdanom."

Cawsant groeso dibendraw gan y modrybedd, Lowri ac Elin.

"Jams, can croeso," meddai Lowri. "Diolch i ti am ddod ag Angharad hefyd."

Cymerodd Twm ofal o Galedfwlch, Fflam a Dorti. Roedd William Prichard, hwsmon neu stiward holl Gwm Pennant Beinw, a oedd yn eiddo i'r Wyniaid o Wydir erstalwm wedi dod i'w gynorthwyo.

"Angharad oedd yn awyddus i ddod fel arfer. Fel y gwyddoch, mae wrth ei bodd yma." Trodd ei modryb ati.

"Angharad annwyl, sut wyt ti? a beth am dy fam?"

"Iawn Modryb Elin, ond bydd chwithdod arni ar fy ôl. A dyma Malan. Bydd hi yn cadw golwg arna i pan fydd fy nhad wedi mynd yn ôl."

"Roedd yn cydio yn awenau Dorti a Fflam cyn i Tomos eu gollwng i'r borfa.

"Ein gadael ni, a phryd fydd hynny Jams?"

"Yfory gwaetha modd. Mae amryw o weithgareddau yn galw am fy sylw, a bydd raid i mi wneud yn siŵr fod y Llythyrau Cardod wedi cyrraedd pob tŷ a ffarm ar ôl trychineb y ffatri er mwyn ei ailgodi. Cofiaf englyn Ieuan i'r perwyl; meddai englynwr y Nant:

> Agor dy drysor, dod ran – trwy gallwedd
> Tra gellych i'r truan
> Gwell rhyw awr golli'r arian
> Na chau'r god a nychu'r gwan."

"Ia wir, gresyn pan losgwyd y ffatri wlân i'r llawr, Jams."

"Ia, bydd raid ei hailadeiladu o gerrig praff y tro yma. Meddwl am y gweithwyr ydw i, a'r golled iddynt."

"Fe wnei dy orau iddynt mi wn."

"Dos draw Malan. Mae Tomos a William Prichard yn disgwyl."

"Diolch, syr," Aeth Malan yn ei blaen at Tomos a William Prichard ac aeth Angharad a'i thad i mewn i ffermdy'r Garnedd.

Yn y parlwr bach roedd fflamau'r tân mawn yn chwyrnu ac yn cael eu hadlewyrchu yn y canhwyllau piwter. Ymhob pen i'r bwrdd roedd cadair freichiau, un o dderw a'r llall o fasarn gwyn, yna cadeiriau llai bob ochr i'r bwrdd yn hytrach na'r meinciau yn y Gelli. Ar y bwrdd roedd cawgiau pren i'r cawl yntau a phlatiau piwter i'r cig crai. Uwchben y tân crogid y tecell copr ar y chwim arferol.

Ar ben y bwrdd gosododd Modryb Elin ei hun, â lletwad anferth yn ei llaw, yn barod i arllwys y cawl i deithwyr ar eu cythlwng.

"Eisteddwch ymhen arall i'r bwrdd Jams a Tomos Huws ar y dde i chwi, yna William Prichard ar y chwith. Tyrd Angharad, eistedda di wrth fy ymyl a Malan Shôn wrth dy ymyl di. Cawn ninnau gloncian felly. Bydd dy fodryb Lowri yn ymuno ar ôl goruchwylio'r coginio yn y gegin."

Roedd Twm yn siŵr o fod yn teimlo ei hun fel gwestai. Rhaid oedd ceisio ymddwyn fel gwestïwr hefyd. Edrychodd o'i gwmpas.

"Wyt ti'n teimlo'n ofnus, Twm," galwodd Angharad?

"Braidd," meddai.

Roedd y gweddill yn yfed y cawl yn ddistaw: "Bydd raid i minnau wneud yn debyg," meddai, "dim traflyncu fel y rhelyw o wasanaethyddion y Gelli."

Yna daeth y cig a'r llysiau ar y platiau piwter. I ymgymryd â hwy roedd fforc a chyllell bren. Fel gwestai doedd wiw i Twm afael yn y cig â'i ddwylo. Gafaelodd yn y gyllell fel pe'n cydio mewn twca, a sodrodd hi yn y cig. Yn ei ymdrech rhoddodd yr isgell sbonc oddi ar ei blât ef ei hun ar blât y sgweiar: Paham na fuasai'r llawr yn ei lyncu. Edrychodd ar y sgweiar,"Eich pardwn, syr." Nid oedd y gŵr doeth wedi cymryd y sylw lleiaf o'r digwyddiad gan fynd ymlaen â'r ymgom â William Prichard ac aeth Tomos ymlaen i fwynhau'r saig.

Daeth yn amser i huddo'r tân mawn, a phawb yn dymuno'n dda i'w gilydd. Aeth William Prichard i lawr i'r Cwm i oruchwylio milltir sgwâr y Barwn Willoughby de Eresby a Jams Dafis i gael tynnu ar ei bibell hir cyn noswylio.

"A pha bryd y bwriadwch droi tua'r Gelli yfory, Jams?" gofynnodd Lowri.

"Ar fy nghodiad, Lowri, mor fuan â phosibl."

"Fe ofalaf fod Mari yn darparu brecwast teilwng i chwi.

"Anfonwn ein cofion at Elin Angharad. Bydd y tri yn ddiogel o dan ein cronglwyd gallwn eich sicrhau, Jams."

"Llawer o ddiolch drostynt."

Yn blygeiniol y bore dilynol a chyn i'r gwlith godi bron cododd Dafydd Jams ac aeth i'r parlwr bach am ei frecwast o uwd a chig mochyn a oedd wedi ei ddarparu gan Mari'r forwyn.

Yn ôl trefniant y noswaith cynt hefyd daeth Shem, un o'r gweision, â Chaledfwlch o flaen y drws.

Rhoddodd y sgweiar, gyda chymorth y gwas, ei droed yn y

warthol a thynnodd ei glogyn yn dynnach amdano. Dros ei ysgwydd gwelodd fod Twm wedi ymddangos i ddymuno siwrna ddiogel iddo.

"Bore hyfryd, Tomos. Edrych ar ôl y merched ond yn bwysicach cadw lygad barcud ar Meistres Angharad pan fydd yn marchogaeth rhag iddi gael ei denu at y perthi yma. Gwyddost mor benchwiban y gall fod."

"Rwyn siŵr o wneud Syr."

"Da ngwas i, disgwyliwn chi yn ôl yn y Gelli ymhen rhai dyddiau. Sythodd Twm a chyffyrddodd ei het dair onglog i'w feistr.

Dychwelodd Twm yn ôl i'r lloft stabl ond nid cyn gwneud yn siŵr fod Fflam, Dorti a Seren â chyflenwad o wair ac iddo gael cyntun ei hun. Clywai hwy yn ystwrian yn eu hystal. Roedd Shem yn chwyrnu yn braf erbyn hyn. Toc byddai galwad ar y gweision yn y llofftydd stabl a sgubor i frecwast o fara haidd, uwd a chaws a'i olchi i lawr â llaeth enwyn a maidd neu frywes, a Thwm yn debygol gyda hwy a'r hwsmon yn torri hafflau o'r bara haidd.

Cyn iddynt orffen ymddangosodd Angharad. Aeth yn syth at Twm.

"Bore da Tomos Huws." Yn hanner cellwair, "a oedd y brecwast yn rhyngu dy fodd?"

"Oedd, Meistres, ond naw wfft i'r bara ceirch a'r cnapyn menyn."

Roedd Twm yn dysgu a rhoddodd y llwy i lawr, dim rhagor o'r traflyncu fel eiddo'r hwsmon a'r gweddill.

"A welaist ti fy nhad cyn iddo gychwyn yn ôl?"

"Do dymunais siwrna ddiogel iddo. Bydd yn ein disgwyl yn ôl ymhen pum niwrnod fan bellaf."

"Beth arall oedd ganddo i'w ddweud?"

"Fy mod i ofalu amdanoch wrth gwrs, a'ch bod i fod yn garcus pan yn marchogaeth." Ychwanegiad Twm ei hun oedd hwn, "Neu bydd yn rhaid mynd yn syth i'r Gelli, dim anelu am y gwrychoedd."

"Pwy sydd i amau fy ymddygiad prun bynnag?" Cododd ei phen yn herfeiddiol,

"William Prichard. Fe ddaw ar ei hynt i weld sut fyddwch yn ymddwyn, rwyn siŵr."

"Cawn weld am hynny."

"Angharad, Angharad," dyna lais ei modryb Lowri.

"Bore da, gysgaist ti yn dda? Mae dy frecwast wedi ei baratoi yn y parlwr bach."

"Do diolch, a beth am Modryb Elin, ple mae hi?"

"Mae'n ddrwg gennyf ddweud fod ganddi ddolur gwddw a dim llawer o hwyl arni'r bore yma."

"Rhaid iddi gymryd sudd yr helygen mewn dŵr gweddol boeth a golchi'r corn gwddw yn dda gyda'r sug. Mae yn effeithiol iawn fel y gwyddom ni yn aml yn y Gelli."

"Llawer o ddiolch iti, Angharad."

"Cadwch y diolch, Modryb Lowri, fe gyst ddwy ffyrling."

Chwarddodd y ddwy.

"Beth sydd gennyt ti mewn golwg heddiw?"

"Hwyrach yr awn i lawr i'r Cwm. Hoffwn gael mwy o hanes yr ardal gan William Prichard."

"Mae yn syndod gymaint o hanes sydd ar gael, pe bai ond yr hen gastell 'ma."

"Siawns na fedrwch chi roi rhyw oleuni arno a chwithau wedi eich magu wrth ei droed neu ei sylfaen fel petai."

"Hwyrach wir, ond cofia dim ond yn ôl coel gwlad."

"Iawn."

Eisteddodd ei modryb ar y glwth wrth y ffenestr newydd.

"Cymer er enghraifft yr hen gastell 'ma, na ŵyr neb yn iawn ei oed, ond ei fod yn dwyn tebygrwydd i gestyll Cricieth, Deganwy ac Amwythig, a adeiladwyd gan Faelgwn Gwynedd tua'r bumed ganrif."

"Diolch, Modryb, a beth wedyn?"

"Ymhen canrifoedd daeth Hywel Coetmor ar ôl ei

atgyweirio yno i fyw, tua dechrau'r bymthegfed ganrif, yntau yn llinach Owain Gwynedd, y clywaist ti'r Rheithor yn sôn amdano rwyn siŵr."

"Wel do, Modryb." Roedd Angharad fel arfer yn ysu am wybodaeth.

"Roedd ganddo tua phum cant o filwyr oddi tano yn y castell – a honnir fod y tŷ acw o'r enw Hafod-y-gwragedd wedi ei adeiladu gan Hywel i wragedd y gwarchodlu a dyna ti y Garnedd, y Ffridd a'r Gorddinan, o bosibl at wasanaeth ei swyddogion a'i berthnasau."

"Diddorol dros ben, Modryb Lowri."

"Fe orffennaf gyda'r hanesyn yma: Pan oedd Hywel ap Ifan ap Rhys Gethin yn cyfaneddu yn y castell roedd Rhisiart y Trydydd, Brenin Lloegr, yn gormesu y wlad. Yn ôl pob sôn, roedd wedi llofruddio dau o feibion ei frawd, y brenin Edward y Pedwerydd, ond, yn 1485, glaniodd Iarll Richmond yn Aberdaugleddau, a honnir iddo pan ar ei ffordd i Amwythig alw gyda Dafydd Llwyd o Fathafarn, daroganwr enwog. Ar ôl deall pwy oedd ei gwsmer yn gam neu yn gymwys mentrodd Dafydd argyhoeddi'r Iarll o'i dynged ac aeth i Faes Bosworth yn llawen.

Yn y cyfamser roedd Hywel yn ochri â Rhisiart y Trydydd. O'r castell yma aeth â'i fyddin i Faes Bosworth ble'r oedd Iarll Richmond yn chwifio'r Ddraig Goch. Yno, meddid, bu i Risiart gyfarch Hywel gyda chwpaned o win a'r geiriau canlynol: "Hywel, tydi yn unig o'r Cymry sydd yn dy brofi dy hun yn ffyddlon i'th frenin." Bu brwydr fawr ar Faes Bosworth. Lladdwyd Rhisiart a choronwyd Iarll Richmond yn y fan a'r lle yn Frenin. Dyna i ti Henri Tudur."

"Ond beth ddigwyddodd i Hywel ap Ifan?"

"Nid oes llawer o sôn amdano wedyn. Daeth yn ôl yma o fan draw. Mae'r enw Coetmor wedi goroesi ar Fferm Coetmor. Ni wyddys pryd y bu farw.

Claddwyd yn Hen Eglwys Bryn y Bedd.

O ddiddordeb i ti mae cofgolofn ohono a symudwyd o'r eglwys yma i Eglwys Llanrwst gan y Wyniaid gyda'r geiriau canlynol ar ei sylfaen:

"Howel Coetmor ap Gruffydd Fychan ap Dafydd Gam, mab naturiol Dafydd Tywysog Cymru."

"Modryb, modryb, llawer iawn o ddiolch." Rhoddodd Angharad ochenaid o foddhad.

"Croeso ngeneth i. Rwyn falch o dy frwdfrydedd di i hanes y lle 'ma. Mae llawer yn ychwaneg i'w gael. Hwyrach y rhydd William Prichard rhagor o oleuni i ti."

"Ysgwn i sut mae Modryb Elin erbyn hyn. A gawn ni fynd drwodd?"

Daeth llais o'r gegin, "A phwy sydd yn cymryd fy enw i yn ofer?" Roedd Modryb Elin wedi gwella yn llwyr o'r dolur gwddw.

"Diolch i ti, Angharad, rwyf wedi gwella."

"Da iawn, modryb. Af allan i weld sut hwyl sydd ar Tomos a'r ceffylau yn eu amgylchedd newydd. Fe â Malan i gynorthwyo'r genethod yn y gegin."

Pan ddychwelodd roedd ei modrybedd yn llawn asbri.

"Rhaid inni gael noson wrth ein bodd, noson lawen, wsti, Angharad. Beth ddyliet ti?"

"Iawn, mae Tomos wedi dod â'i glocsiau a'i gannwyll wêr. Mae yn feistr ar droedio dawns y glocsen."

Roedd Malan wedi ymuno â hwynt erbyn hyn, ac meddai:

"Does neb tebyg i Meistres Angharad ar y delyn fach, ychwaith. Ydych chi'n cofio'r noson yn y Telyrnau, Meistres a ninnau yn cael ein dal gan John Roberts?"

"Wnai byth anghofio'r noson, Malan." Chwarddodd y ddwy.

Bu raid ailadrodd yr helynt i'r merched ac roedd y bedair yn rowlio chwerthin erbyn hyn.

"Fe ddaw William Prichard i fyny o'r Cwm. Mae yn un da am adrodd hanes Tylwyth Teg ac ysbrydion ac mae ganddo lais da i ymuno yn y canu.

Â siawns na ddaw teulu Cwm Brwynog a theulu Bryn Tirion a Choetmor i ymuno yn yr hwyl."

Roedd pawb yno yn gryno, yn cynnwys y gwasanaethyddion, morwynion ambell i ddyn dwad fel y turniwr, y crydd a'r teiliwr a phob un a'i offeryn.

Dechreuwyd y noson gyda digon o fara ceirch tenau a maidd.

Yn gyntaf oll daeth Twm â'i glocsen, yn neidio, dawnsio a chlatio o gwmpas y gannwyll frwyn ei hancas goch yn chwifio i bob man. Cafodd gymeradwyaeth teilwng.

Yna daeth tro Wil, Tyddyn Berth, a'i ysturmant, y delyn Iddewig, a dechrau canu 'Merch Megan', a sŵn aflafar i ddechrau ond buan y daeth yr offerynnau i ddygymod â'i gilydd, yn enwedig pan ddaeth yr Hwsmon Huw Morys a'i glaronet, a Dafydd Prys a'i ffidil.

Angharad â'i thelyn deires oedd y prif eitem. Cafodd dderbyniad byddarol a churo dwylo a thraed.

Yna ymunodd pawb â'i offeryn cerdd o'r hwsmon i Twm i ganu â William Prichard a'i lais dwfn yn blaenori. Cafwyd deuawd gan Robert Prys a William Prichard, a phawb yn ymuno yn y cytgan.

Adroddodd William Prichard hanes am ddaroganwr adnabyddus.

Un tro roedd hwnnw ar daith ynghanol nos rhwng Capel Curig a Llanrwst a phan yn dyfod i lawr Nant-y-bwlch, daeth ar draws hen ffarmwr o Ddolwyddelan 'ma. Roedd hwnnw ar ei ffordd i farchnad Llanrwst hefyd. Doedd gan yr hen ffarmwr ddim syniad o'r amser, na phryd y torrai'r wawr gan ei bod yn dwll gaeaf. Roedd o dan yr argraff mai tri o'r gloch y bore oedd hi.

P'run bynnag, yr adeg honno nid oedd gan y brodorion yr amser cywir eu hunain gan mai ar gloc y Neuadd yn Llanrwst y dibynant, neu ynteu ei bod yn tynnu at lasiad dydd, chwedl y Beibl.

Wrth gyd-gerdded ac ymgomio meddai'r daroganwr, "Wyddost ti, Wmffra (i ddangos ei wybodaeth gyfrin, debyg) pan dyf bedwen ar dalcan tŷ Gwydir Isaf draw, yn uwch na chorn y simdda, bydd Gwydir Isaf yn lyn dŵr a Gwydir Uchaf yn gorlan defaid." "Tybed?" meddai Wmffra. "Mae mor wir," meddai'r daroganwr, "ag y tery cloc Llanrwst dri o'r gloch pan gyrhaeddwn y farchnad, a felly y bu. Rhyfeddai cydymaith y daroganwr gan y tybiai mai fan bellaf wyth o'r gloch y byddai'r hen cloc yn taro.

Yn rhyfedd iawn y mae yna Fedwen yn tyfu yn agos i linell derfyn y darogan a chodwyd y simdde rai lathenni er mwyn osgoi'r trychineb a Gwydir Isaf yn ddiogel am beth amser."

"Diddorol dros ben, William Prichard," meddai Lowri.

"Beth am stori ysbryd neu ddewiniaeth, William Prichard," meddai Angharad o bawb.

"Wel dyma un neu ddwy, gan mai Meistres Angharad sydd yn gofyn.

Roedd rhyw ysbryd neu rywbeth yn aflonyddu ar Martha y Ddewines (dyna ei henw os cofiaf yn iawn). Un diwrnod aeth i ymofyn cymorth y plwyf gan y warden a oedd hefyd yn ffarmwr gan ei siarsio os na châi yr hyn a oedd yn ei erchi y byddai yn edifar ganddo cyn pen dim. Dywedodd yntau 'Cawn weld, amser a ddengys, Martha.' Wir i chi cyn pen dim roedd ei ddefaid wedi drysu, a rhedeg o gwmpas yn strim stram strellach, bron â mynd dros rhyw ddibyn. Bu raid i'r warden faddau'r cwbl i'r greadures ellyllaidd. Dyna'r oll am yrwan. Cyn noswylio mae gennyf lythyr i chwi eich dwy, Meistresi y Garnedd.

Bore heddiw yn ffair Llanrwst cwrddais ag un o'r porthmyn, ac roedd ar ei ffordd gyda'r epistol yma i chwi. Roedd wedi cyfarfod â'r sgweiar ar y Cei yng Nghaernarfon ddoe, hwnnw mewn cyfyng-gyngor sut i gael y neges yma i chwi, a dyma ddatrys y broblem iddo fo. Ar y llaw arall, nid oedd Huw mewn hwyliau da gan ei fod wedi cael trafferth gyda'r gwartheg wrth iddynt nofio i Aber Menai o Borthaethwy, rhai yn mynnu troi yn ôl, neu fynd gyda'r lli.

Roedd wedi dod i gei Caernarfon yn hytrach nag i Fangor. Roedd fy nghyfarfod i fel manna o'r nefoedd iddo. Er, cofiwch, cafodd gildwrn teilwng gan Feistr y Gelli.

Roedd siwrne fawr o'i flaen. Rhaid oedd anelu am Nant Ffrancon a Chapel Curig i Lanrwst. Oddi yno aed â'r gyrr dros Fynydd Hiraethog i Abergele, roedd digon o borfa a thai tafarnau yno. Yna i Ruthin a Llandegla drwy Langollen, ymlaen wedyn i Groesoswallt ac Amwythig a thros y ffin i Ffeiriau Barnet ac Ashford, Mecca y porthmyn, cyn dychwelyd o Lundain yn ieuenctid y dydd gyda'r sofrennau i Gymru."

Yn y cyfamser roedd y chwiorydd yn darllen y llythyr:

F'annwyl Gyfneitherod,

Dim ond gair byr gan fod Huw Morys ar dân gwyllt i gychwyn am Ffair Llanrwst, yno byddai pedoli'r gwartheg yn cymryd gryn amser a hynny, yn ôl Huw, am y pris anferth o ddeg ceiniog y pen.

Tybiai Elin Angharad a minnau fod yn well i Angharad a'r ddau arall ddychwelyd.

Mae ei haddysg hi yn y fantol, ac yn hen bryd i Malan a Tomos ailafael yn yr awenau o ddifri unwaith yn rhagor. Bydd Elin Angharad a minnau yn eu disgwyl drennydd. Rwyf wedi trefnu eisoes i William Prichard eu hebrwng. Byddant mewn dwylo diogel.

Jams

"Rydych i ddychwelyd i'r Gelli drennydd, Angharad. Rhywbeth ynglŷn â'ch addysg. Byddwch yng ngofal William Prichard, ynte William?"

"Bydd yn bleser, Meistres Luned, fe wnaf y siwrne mewn

diwrnod a hithau yn hirnos haf. Siawns na chyrhaeddaf yn ôl i gael trem ar y da byw."

Cododd ei law a chychwynnodd allan.

"William Prichard," galwodd Angharad.

"A fydd yn gyfleus i ni ein tri, Malan, a Tomos a minnau ddod i lawr i'r Cwm yfory. Fel y gwyddoch rwyf wedi ffoli ar y lle."

"Wrth gwrs, Meistres Angharad."

"A fyddwch yn fodlon, Modryb Lowri?"

"Wrth reswm, Angharad, ynte Luned."

"Cymerwch ofal, nid yw eich ceffylau chwi yn gyfarwydd â rhydio'r mân ffrydlifau yna. Ond dyna ddigon hyd at yfory."

Ar fore braf daeth Tomos a'r ceffylau allan wedi eu cyfrwyo'n ofalus i'r siwrna.

Roedd y modrybedd ar ben y drws yn ffwdanu ac yn edrych yn bryderus.

Prun bynnag, cychwynnodd y pedwar ifanc yn hyderus ac yn llawen. Roedd Angharad yn ei gwisg marchogaeth newydd, y sgyrt wedi ei hollti yn fyrrach ac yn fwy addas i un yn eistedd yn groes y tro yma oherwydd y tirwedd, a Malan hithau wedi codi ei gwisg marchogaeth i fyny bron hyd at ei hysgwydd.

Ni chafwyd llawer o drafferth i arwain y meirch i lawr i'r dyffryn cul a oedd fel petai yn ymwthio i'r mynydd, ac Afon Lledr a'i ffrydiau yn ymdroelli ac yn y man yn ymuno ag Afon Conwy.

Dewisodd y meirch a'r meistri eu ffordd i lawr i'r Cwm yn ofalus cyd-rhwng y cerrig rhyddion, heibio'r twmpathau eithin euraidd a llwyni porffor y grug a'r rhedyn toreithiog, dros ambell i ffrwd a llwybrau'r geifr, yna cyrhaeddasant y Cwm, y doldir gwyrdd, tir pori i'r gwartheg a'r defaid.

Yn eu disgwyl yn eiddgar roedd William Prichard.

"Hawddamor, farchogion dewr."

"Dydd da, William Prichard."

"Meistres Angharad, a yw'r Cwm wrth eich bodd?"

"Rwyn hoffi'r tawelwch yn anad dim." Yn y cyfamser roedd Tomos a Malan wedi mynd i sicrhau'r meirch yn yr ystabl.

"Ydi, y mae yn heddychlon yma. Nid yw plant y Saeson wedi cyrraedd eto."

"Fe ddaw y Saeson dros y gororau yn y man, dyna ddywed rhyw hen ŵr. Plant Adda ydyn ni, y ddynoliaeth."

"A minnau wedi dysgu rhywbeth newydd eto, William Prichard, diolch."

"Croeso, fenyw." Trodd a gwelodd fod y ddau westai arall wedi cyrraedd."

"Tomos a Malan, dowch ymlaen i gael cwpaned o de yn fy nghartref." Edrychodd Angharad o gwmpas, ac meddai wrth William Prichard, "Onid yw'r coed tal acw yn edrych yn urddasol, eu gwyrddni yn gefndir teilwng i'ch preswyl."

"Maent yn hen iawn, ac mae hen air yn dweud, ac yn hollol gywir, 'Yr Eiddew' a'r celyn a'r pren yw ni chollant eu dail tra byddont byw."

Sylwch Meistres Angharad fod y tŷ yna wedi ei adeiladu yn gryf, os yn hen. Yma i Benamnen y daeth Maredudd ab Ifan o'r Castell i chwilio am heddwch a diogelwch y Bwlch oddi wrth herwyr fel Dafydd ap Siencyn a Hywel ab Ifan ap Rhys Gethin a'u tebyg na fynnent ymostwng i awdurdod neb. Y coedwigoedd yn eu llechu, yn enwedig eu pencadlys yng Ngharreg-y-gwalch uwchben Gwydir, a rhaid oedd i Faredudd yn ei dŷ newydd hefyd gael gwylwyr ar Garreg-y-big nos a dydd, haf a gaeaf.

"Llawer o ddiolch, William Prichard. Yr Arglwydd Willoughby de Eresby o Wydir yw eich Meistr tir, onide, a chwithau yn feili neu stewart."

"Wrth gwrs a Meistr da ydyw hefyd."

Ac meddai Angharad: "onid fel hyn y canodd rhywun:

Dy Feistr-Tir a fydd dy Dduw
Nid ydwyt wrtho fwy na Dryw
Ond ar ei dir yr wyt yn byw.
Addola'r Beili tra byddwch byw,
Delw gerfiedig dy Feistr yw,
Mae Beili mawr yn ddarn o Dduw.
Dos tros hwn trwy dân a mwg
Gwylia ei ddigio rhag ofn drwg."

"Gwae di byth os deil o wg," chwarddodd Angharad, "dyna sydd i'w gael am wrando ar fy nhad."

"Purion, purion, a chaf ddiwrnod rhydd ganddo yfory i'ch cyrchu yn ôl i'r Gelli."

"Llawer o ddiolch William Prichard, rydym wedi mwynhau ein hunain onid ydym, Malan a Tomos?"

"Wrth gwrs ein bod ni, Meistres Angharad," meddai Tomos yn gwrtais." Mae cael eistedd ar ford gron a lliain gwyn o flaen tanllwyth o dân mawn, yn hytrach na'r ford hir a phawb yn rhuthro bwyta a llymeitian llond tancr o faidd neu frwas yn brofiad amheuthun," meddai Malan.

"Waeth i ti heb, Malan, yn ôl y byddwn yfory a chwithdod ar ôl y dyddiau diwedda yma."

"Mae wedi bod yn hyfryd eich cael yma. Cymerwch ofal wrth ddringo yn ôl. Bore yfory yn y bore bach byddaf i fyny yn y Garnedd er mwyn imi gael dychwelyd cyn i'r haul fachlud ynte," meddai William gan chwerthin.

"Llawer o ddiolch, William Prichard," meddai Angharad.

"Dan eich bendith eich tri, dof i'ch hebrwng dros y rhan fwyaf garw." Ac i fyny yr aethant. Cychwynnodd y tri yn llawen ar hyd gweddill y ffordd, ac meddai Angharad wrth Malan: "Dim rhyfedd fod William Prichard yn hoff o lenydda ac yntau yn byw mewn ardal mor hyfryd a distaw."

Roedd y tri wedi cael diwrnod i'w gofio, a chafodd Angharad gyfle i ddangos ei medr ar Merlin dros lwyn a pherth, a William Prichard yn dal ei wynt ac yntau yn gyfrifol amdani. Bu Tomos ar ei fol yn ceisio dal silidon neu ddau ar gledr ei law yn un o'r ffrydiau, neu cerdded a chwibanu ar hyd glan Afon Lledr a oedd yn ymdroelli tuag afon Conwy gan obeithio cael cip ar ambell i eos. Wedi'r cwbl nid oedd ef yn gyfrifol am gampau ei feistres y prynhawn yma, diolch byth. Byddai hi yn siŵr o fod yn llond llaw i Willian Prichard.

A beth am Malan? Roedd hi yn brysur yn casglu blodau'r gweinydd, fel Llygad y Dydd a Llygaid Ebrill, i wneud torch o flodau i'w meistres. Roedd mor ddiwyd ag unrhyw of aur. Gwnai hollt fechan yng nghoesyn Llygaid y Dydd a rhoi coes Llygaid Ebrill drwyddo bob yn ail. Edrychai'r lliwiau gwyn ac aur yn bert a'r dorch yn dlos odiaeth ar ôl ei gorffen. Gwnaeth goler yr un i Meistresi Lowri ac Elin hefyd.

Yng ngolwg y Garnedd trodd William Prichard a galwodd arnynt.

"Dan eich bendith, byddaf yna yn y bore."

Wedi cyrraedd y Garnedd cawsant groeso twymgalon gan y modrybedd, a rhyddhad yn amlwg ar eu hwynebau o weld y tri yn ôl yn ddianaf.

"Croeso'n ôl eich tri. Pa hwyl?"

"Ardderchog, Modryb Lowri." Ni ddatgelodd ei phranciau ar Ferlin.

"Sut hwyl oedd ar W.P.?"

"Da iawn a digonedd o groeso. Bu Tomos yn treulio ei amser yn pysgota am silidon neu ddau, a Malan yn brysur yn gwneud anrheg fach i chwi eich dwy, dangos hwy, Malan."

Tynnodd Malan y coleri o'i sgrepan, yna y dorch.

"I chwi Meistresi, fy ngwestai, gyda llawer o ddiolch," a gosododd hwy o amgylch eu gwddf.

Wedi'r cwbl beth yn amgenach a allai Malan ei roddi iddynt. Iddi hi roedd dwy ffyrlin yn ddimai, dwy ddimai yn geiniog a phedair ceiniog yn rôt, swm enfawr a dderbyniai gan y Meistr yn ychwanegol at ei chyflog pitw am gadw golwg manwl ar ei Meistres.

Ar ôl i Angharad ddiosg ei gwisg marchogaeth meddai ei modryb Elin wrthi:

"A fuaset cystal â chadw dyletswydd inni heno?"

"Wrth gwrs y gwnaf, a hynny gyda phleser."

A'i thorch flodau ar ei phen edrychai fel angel. Pawb wedi ymgynnull wrth y bwrdd, rhoddodd Angharad ei dwylo ynghyd â phlygodd ei phen mewn gweddi.

O, Arglwydd gwna ni i gyd yn offeryn dy dangnefedd
Yn lle casineb, boed i ni hau cariad
lle bo tramgwydd maddeuant
Lle bo anghytgord undeb
Lle bo amheuaeth, ffydd
Lle bo anobaith, gobaith
Lle bo tywyllwch, goleuni.
Lle bo tristwch, llawenydd, cans o'th law di, O Dad, y daw ein lluniaeth a'n llawenydd. Amen.

"Llawer o ddiolch, Angharad, a hynny ar dy gof hefyd. Rwyt ti i weld wedi hen arfer," meddai ei Modryb Lowri.

"Yrwan, pawb i'r gwely. Bydd William Prichard yma ar godiad yr ehedydd neu ganiad y ceiliog."

"Er ei fod mor hoffus a phawb yn ei garu, hen lanc ydio ac yn cadw at ei air. Noswaith dda pawb." Ac i ffwrdd â Modryb Elin i fwrw golwg ar y bwtri erbyn y bore, a'r hwsmon, certmon, Shem a coetsmon, y cyfrwywr a'r gweddill, heb anghofio Tomos yn brasgamu allan.

Y bore wedyn gyda chaniad y ceiliog roedd William Prichard ar ei ffordd i'r Garnedd. Yn y gegin orau roedd brecwast wedi ei hulio iddo ef, Tomos, Malan a Shem, a Mari'r gogyddes yn ffwdanu o gwmpas William Prichard, tra roedd Angharad yn cael ei gwala yn y parlwr bach a'i modrybedd yn ffwdanu o'i chwmpas hi. Hithau ar ben ei digon wrth feddwl y byddai yn marchogaeth Merlin ar i waered i'r Gelli.

Allan yn y buarth roedd Shem a Tomos a'r ddau farch yn barod.

Roedd Modryb Lowri a Modryb Elin yn amharod iawn i ollwng eu gwesteion ymaith, ac wrth ganu'n iach iddynt roedd eu macyn poced yn chwifio bob yn ail â sychu eu dagrau.

Cododd William Prichard ei law arnynt a chychwynnodd y pedwar. Trodd at Angharad. "Ffarwel Nant Ieuan Maredudd a'r Afon Lledr, cymerwn ninnau y ffordd union i lawr i'r Gelli. Gwell fyddai i chwi farchogaeth wrth fy ochr, Meistres Angharad, rhag ofn i Ferlin gymryd cam gwag dros rai o'r ffrydiau." Edrychodd Angharad yn ôl i wneud yn siŵr fod y ddau arall 'run mor ofalus hefyd.

"Dowch Meistres, beth am rigwm neu ddau. Rhaid gwneud yn fawr o'r siwrne."

Rhoddodd Angharad ochenaid fach wrth wylio'r adar, ac meddai:

> Gwyn eu byd yr adar gwylltion
> Hwy gânt fynd i'r fan a fynnon
> Weithiau i'r môr, a weithiau i'r mynydd
> A dod adref yn ddigerydd.

Bydd Huw, Rhys a minnau byth a beunydd mewn trybini, ond cawn lawer o hwyl, ninnau fel yr adar yn ddigerydd. Mae'n debyg am ein bod yn hoffi ein gwersi ac yn ufudd."

"Fydd eich tad yn llenydda?"

"Bydd yn siŵr. Byddwn ein dau yn ysgrifennu ambell i gerdd a'u casglu hefyd. Weithiau oddi ar y cerrig beddau:

> Melin yng ngodre'r moelydd – na, ni bu un o'i bath
> trwy'r gwledydd
> Fe fâl hon ddigon o luniaeth i'r melinydd.

Beth am honna?"

"Onid oes yna elltydd yma?"

"Codwch eich calon, Meistres Angharad, nid oes allt heb ei waered," a chwarddod William.

Dyma fynd ar duth a'r gweddill yn canlyn. Dros y Bont Rufeinig heibio'r Ffridd, a'r Arddu a Hafod Lwyfog islaw. Nant Gwynant a'i Lyn, Yr Aran . . . . a'r Wyddfa a'i swyngyfaredd. Heibio Llyn y Gadair a'r hen waith copr Rhufeinig hwyrach? Yna'r Gelli yn swatio yn ei filltir sgwâr.

Roedd Elin Angharad ar garreg y drws gan mor falch a phryderus ydoedd o'u gweld wedi cyrraedd yn ddianaf ar ôl dychwelyd dros y tir diffaith ac ysgrythrog. Gwyddai pa mor ifanc ac anturus y gallai Angharad fod o'i chymharu â William Prichard.

Dowch, dowch i mewn William Prichard 'rwyn siŵr eich bod ar lwgu. Dos dithau Tomos i ofalu am y meirch a thyrd yn ôl i'r gegin i gael dy wala a chroeso gan Siani. Tyrd Malan i roi help-llaw i dy feistres Angharad a chael pryd o fwyd gyda hi. Cei roi diwrnod i'r brenin heddiw."

"Diolch i chwi Meistres Elin. Ple mae'r sgweiar?"

"Mae mor brysur â beili mewn Sesiwn, rhwng popeth. Y fo sydd yn gyfrifol am y gweddwon, y tlodion a'r anghenus yma, ac mae ei law yn ei boced yn barhaus."

"Mae'r Nant yn ffodus fod yma un gŵr cyfoethog beth bynnag."

"Na, y cyfoeth gorau yw iechyd, William Prichard. Fe ddaw Jams yma unrhyw funud â'i wynt yn ei ddwrn, yn enwedig o ddeall eich bod chwi wedi cyrraedd. Dowch, estynnwch at gig carw Llychlyn neu at gig coch yr wden a'r bytaten."

"Diolch, Meistres Elin mae'n hyfryd ac at fy nant. Ni cheir hwn ond yn Eryri."

"Gwell gennyf fi gig coch yr wden."

"Dyma Jams wedi cyrraedd o'r diwedd. Ond ble mae Angharad. A wyddoch chi, Malan?"

"Fe redodd ar draws y ffordd i'r rheithordy." Trodd Elin Angharad at William Prichard:

"Dim ond tafliad carreg ydyw o'r Gelli i'r Rheithordy, wyddoch. Ewch drwodd i'r parlwr gorau gyda William Prichard, Jams, caf innau weld ymateb Angharad i'r sefyllfa pan ddychwel yn ôl. Ofnaf mai dagreuol fydd hi."

"Byddwch yn ofalus, Elin, Gwyddoch mor ystyfnig y medr fod."

"Rwyf yn gwybod yn iawn, ond bydd colli cwmni'r bechgyn, Huw a Rhys, yn siom fawr iddi."

Ymhen y rhawg daeth Jams Dafis a William Prichard allan o'r parlwr a'r sgweiar â'i getyn yn mygu fel corn simdde.

Yn y cyfamser roedd dwndwr mawr oddi allan i'r Gelli. Agorwyd y drws allan a bron i Rhys, Huw ac Angharad faglu ar draws ei gilydd oherwydd yr awydd am fod gyntaf i gyrraedd.

Cyraeddasant y parlwr bach ple roedd Elin Angharad yn eu disgwyl.

"Mam, a oeddych yn gwybod fod Huw a Rhys wedi eu derbyn i Ysgol Caerwynt am flwyddyn?"

"Wel, fel dail yr Hydref roedd y mater yn y gwynt." Rhoddodd ei mam ochenaid o ryddhad.

"Beth ddaw ohonof fi?" a'r ing i'w glywed yn ei llais.

"Ni ddeuant yn ôl yma fel o'r blaen. Bydd lle gwag hebddynt. Ar ôl hynny maent yn siŵr o gael mynediad i Goleg Caergrawnt, er nad ydynt ond un-ar-bymtheg oed."

"Cawn weld." A diolchodd Elin Angharad fod y cam cyntaf drosodd.

"Mae gan dy dad a minnau syniad. Gyda llaw, dos i ffarwelio â William Prichard a diolch iddo am eich hebrwng yn ôl yma. Sut hwyl sydd ar y modrybedd Elin a Lowri? Tybed a oes siawns iddynt ddod i'n gweld rhywbryd?"

Ar ôl dychwelyd o Ddolwyddelan a rhoi'r march yng ngofal un o'r gweision aeth Jams Dafis i chwilio am ei wraig.

"Dyma fi'n ôl yn fy milltir sgwâr a diolch amdano, ond mae gennym broblem i'w ddatrys onid oes?"

"Angharad sydd dan eich sylw?"

"Ia, bydd yn ofynnol egluro iddi y bydd bechgyn y Rheithordy yn dechrau cyfnod yng Nghaerwynt, wedyn Eton cyn cael mynediad i Goleg Caergrawnt."

"Ar y ffordd yma cefais gwmni William Griffith, Drws-y-coed, a soniais wrtho am ein problem ynghylch Angharad."

"A beth oedd ganddo i'w ddweud? Unrhyw gyngor?"

Roedd ganddo yntau broblem gyda'r merched, Jane, Margiad a Catherin. "Fel y gwyddoch nid oes yma addysg o unrhyw fath ac eithrio'r hyfforddiant a'r trwytho penigamp yn y gyfraith, Lladin a'r Saesneg bondigrybwyll a gafodd y rheini gan y Rheithor. Wrth gwrs maent yn credu yn gryf yn athrawiaeth y Morafiaid yn Nrws-y-coed Uchaf. Prun a'i Morafiaeth sydd yn eu denu, nis gwn. Roedd William yn sôn am anfon eu dau fab i Goleg y Gyfraith yn Nulyn, wrth gwrs, nis gwn."

"Wel wir, diolch i William am roi arweiniad, beth bynnag."

"Rhaid i mi drefnu rhag blaen. Fe gysylltaf ag Elisabeth Griffith, merch fy hen ffrind ym Morgannwg. Mae hi yn adnabyddus yn Nulyn ynglŷn â throsi dramâu o'r Ffrangeg, actio a llenydda."

"Dyna ffodus, Jams. Beth am i Malan gael swydd dros dro yn un o'r palasau i gadw golwg arni?"

"Na, ddim ar un cyfrif, o adnabod Angharad a'i ffordd annibynnol. Bydd wrth ei bodd yn mynd yn rhydd o'r tresi."

"Ia, gwir a ddywedwch, Jams. Gobeithio y caiff letya yn y Coleg. Nid ydynt mor gul yn Nulyn â Cholegau Caergrawnt a Rhydychen."

Rhuthrodd Angharad i mewn. Roedd ôl dagrau ar ei hwyneb.

"A beth yw'r trefniadau ar fy nghyfer i erbyn hyn?"

"Rydym yn trefnu i ti fynd i Ddulyn i Goleg y Morafiaid,

Coleg y Gyfraith, y Drindod, gan nad wyt yn fodlon dy fyd yma. Mae merched Drws-y-coed wedi bod yno yn barod, fel yr wyt yn gwybod, a thystiant eu bod wedi cael addysg penigamp.

"Mam a Dad diolch i chwi."

"Bydd raid i ni, yn erbyn ein ewyllys wrth gwrs, roi noson i'r Morafiaid yma, er mwyn plesio William Griffith. Mae ein cred ni fel y dur. Dim siawns i ni newid dim fel dilynwyr y Methodistiaid Harries a Wesley, yna daeth heresi Morafiaeth, ys dywed, yn fath o obsesiwn gan Harris. Moriai yng ngwaed yr Oen ac archollion Crist, a'r 'Gwaed, Y Gwaed.' Bloeddio hyn ar ganol pregeth. Dyna wnâi o. Fe'i clywais fy hun.

Eto, credai John Wesley i Dduw roddi llysieuyn ar gyfer pob anhwylder a threuliodd flynyddoedd yn dysgu ffisigwriaeth yn ei oriau hamdden, megis yr helygen, i leddfu poen dyn."

HAF

Ysgol y Gyfraith
Dulyn

Annwyl mam a nhad,

Fe fwynheais y siwrne i Gaergybi a chwmni Nhad wrth gwrs. Y trigolion yn sefyll ar ben drysau'r bythynnod-gwyngalchog, eu breichiau ymhleth yn clebran a'r byddigion yn mynd heibio yn eu cerbydau i'r cei.

Roedd y croesi yn erchyll. Wrth ystyried beth allasai Môr Iwerddon fod ynghanol y gaeaf, gallasai fod yn waeth debyg. Yr ysgraffau yn cael eu gohirio byth a beunydd. Nid oedd hynny yn poeni llawer arnaf gan fy mod yn sâl fel ci a golwg fel gwrach arna i rwy'n siŵr. Roedd ymchwydd Môr Iwerddon yn drech na mi.

Glaniodd y llong, a'r porthladd, yn ferw o bobl. Sefais ar y bwrdd gan graffu ar hyd y morglawdd am Elisabeth.

Roedd y berw o bobl wedi newid erbyn hyn i dorf o ddihyrod yn sgrechian ac yn hanner noethlymun.

Cefais fraw mawr, meddyliais yn siŵr fod gwrthryfela yn digwydd, ac ar ôl y siwrna roedd fy mhen yn troi a hiraeth amdanoch.

Ynghanol y mwstwr cefais gipolwg ar Elisabeth. Daeth yn nes a chwifiodd ei dwylo.

Ar ôl fy nghyfarch yn annwyl iawn canodd gân o groeso i ferch y Gelli i'r Ynys Werdd.

"Ond beth yw'r cynnwrf 'ma, ai reiat, Elisabeth?" meddwn wedyn.

"Dim o gwbl, y cludwyr a'r cardotwyr, y naill am ein gwasanaeth a'r lleill am ein pres rhydd." Taflodd Elisabeth ddyrnaid o geiniogau iddynt a thra roeddynt yn ymbalfalu amdanynt yn y baw cawsom ninnau rwydd hynt.

"Mi fyddi wedi hen arfer â nhw cyn bo hir."

Hebryngodd y cludydd ni i goets oedd yn dal rhyw ddeg o deithwyr eraill a'r pedwar ceffyl yn ei chael yn anodd i dynnu'r fath lwyth, a hynny am dair milltir i Ddulyn lle preswyliai Elisabeth.

Ar hyd y ffordd cefais drem ar hofelau digroeso wrth inni nesáu at y ddinas.

Gobeithiaf nad wyf wedi eich gorflino wrth ddarllen yr epistol yma.

Gynted ag y byddaf wedi ymgartrefu, a hynny yn fuan gobeithio, fe anfonaf air eto.

Fy nghofion at Marged, Malan a Tomos gan obeithio ei fod ef yn parhau yn ei awydd i fod yn 'sglaig.

Gyda llawer o ddiolch am roi y cyfle yma a minnau yn awchu am ragor o ddysg.

Eich annwyl ferch,
Angharad.

"Merch hawddgar yw Elisabeth â'i thraed yn gadarn ar y ddaear. Ond nid wyf yn rhy siŵr a ydym wedi gwneud y peth cywir a'i peidio, Jams, o sylweddoli un mor benderfynol yw Angharad ac mae si yn y gwynt fod rhelyw o'r trigolion yn Iwerddon yn anniddig â'r chwyldro yn Ffrainc heb fod mor bell yn ôl."

"Twt lol, Elin Angharad, rydych yn rhoi'r cert o flaen y ceffyl. Mae digon ym mhen Angharad. Cael mynediad i Goleg y Drindod yn Nulyn yw ein nod yn awr."

F'annwyl Rieni,

Dyma fi wedi setlo yma.

Rwyn siŵr y byddwch yn falch o ddeall fy mod, drwy dystlythyr y Parchedig Ffowc Prys mae'n debyg, wedi fy nerbyn i Goleg y Drindod. Gwyddoch, mae'n siŵr, fod Mary Griffith, Drws-y-coed Uchaf yn cadw ysgol ac ni fydd dim ffafriaeth i ferch y Gelli yma gallaf eich sicrhau.

Mae gan Elisabeth dŷ hyfryd heb fod ymhell o'r coleg a Sgwâr Merrion. Ni fydd raid imi farchogaeth yno. Mae llety'r myfyrwyr yn agos hefyd.

Gan fy mod wedi hen arfer â fy rheithor, nid oedd arnaf ofn yr athrawon yn y cyfweliad. Synnwyd fi fel y mae'r Gwyddelod yn gallu troi geiriau, eu ffugio, eu gwrthdroi yna eu dwyn yn ôl mewn ffurf arall ond yn fwy miniog hwyrach, ond rwyf wedi gwirioni â'u hacen.

Maent yn gallu cyrraedd y nod gyda'r cywirdeb a fuasai yn creu eiddigedd ymhlith rhai a fuasai'n ceisio llunio neu gynnal brawddeg.

Mae Elisabeth a'i gŵr Richard wedi rhoi pob croeso ar eu haelwyd. Rhwng bob dim mae hi yn fawr ei pharch ac wedi ennill ei phlwyf yma fel actores, yn ogystal â chyfieithu dramâu o'r Ffrangeg. Mae yn awyddus i minnau ddysgu'r iaith. Af ati rhag blaen.

Rwyf yn sylwi fod y Gwyddelod un ai yn rhoi arwydd y Groes, neu â'u bysedd ar res y rosari, ac yn parablu gweddi rhwng eu bysedd arni. Pymtheg degaid o'r Henffych Fair ar ôl neu cyn y pader.

Cofiaf i nhad, pan ar ymweliad â'r Ynys Werdd, ddod â rosari o wneuthuriad pren o Gonnemara, a'r syndod a'r sylw a roes Ffowc Prys wrth ganfod un o'i ddisgyblion a rhes y rosmari am ei gwddf. Ond ni ddywedodd air. Rhoddais y gadwyn er parch i fy nhad a'r rheithor yn y gist fach a byddwn yn ei byseddu rwan ac yn y man.

Rhaid i mi ymysgwyd a chwilio am geffyl addas. Nid oes

neb o gwmpas yn rhy dlawd i fod yn berchen ar farch. Siawns na chaf fargen. Yn ôl a ddeallaf gan ŵr Elisabeth nid oes neb fel y Gwyddelod am eu magu a'u dofi yn dda chwaith. Â gyda mi i ddewis.

Mae chwith mawr gennyf am gwmnïaeth Huw a Rhys.

Au revoir,

Eich annwyl ferch,

Angharad

"Wel Jams, diolch i'r Brenin mawr ei bod wedi cael ei derbyn i'r Coleg. Nid yw am ddibynnu ar ferched Drws-y-coed Uchaf, felly."

"Ia, Elin Angharad, gallwch fentro y daw drwy'r arholiadau yn llwyddiannus. Mae hi mor beniog, ac mae wedi dwli ar y wlad a'i phobol."

Annwyl Angharad,

Roedd dy lythyr yn dderbyniol er wedi cymryd gwth o amser i ddod drosodd cydrhwng y llong a'r post wedyn.

Gobeithiwn dy fod yn edrych ar ôl dy iechyd. Mae gennyt ddigon o ddillad cynnes a sicrhaodd dy dad a minnau i ti yn y coffer ynghyd â sannau cynnes a chadach gwddf gwlân a nyddwyd i ti yn arbennig gan Malan, a phaid ag anghofio dy Gymraeg yn enw popeth. Mae pawb yn cofio atat, a'n cofion serchog at Elisabeth a'i gŵr Richard.

Edrychwn ymlaen at gael gair yn fuan.

Dy Rieni annwyl.

F'annwyl Rieni,

Mae'r gwaith yn mynd ymlaen yn foddhaol a minnau yn cael marciau llawn yn aml.

Mae rhai o'r athrawon yn rhyfeddu at y cefndir a gefais drwy fy rheithor, Ffowc Prys, ac yn gofyn pam dod cyn belled ag yma?

Rwyn falch imi wneud hynny am fod gan y Morafiaid enw da hefyd.

Ni fyddwch yn sôn am Rhys a Huw, tybed a oes ganddynt gymaint o hiraeth amdanaf fi ag sydd gennyf fi amdanynt hwy? Tybed a ydynt wedi setlo yn Ysgol Caerwynt. Buan iawn â'r amser heibio hyd y byddant yn cael mynediad i Goleg y Drindod yng Nghaergrawnt, a phrin y gwelaf hwynt wedyn.

Diolch i chwi eich dau am adeiladu nyth i mi, lle mor glyd, a rhyddid i mi wedyn ehedeg yn rhydd ohoni ac am y modd yr agorwyd drysau i mi. Heb eich cydweithrediad a'ch caredigrwydd buasai wedi bod yn amhosibl i mi ddod yma, er fy mod yn ddigon simsan yn aml.

Rwy'n ddiolchgar am gyfeillgarwch fy nghyd-efrydydd, Shaun Delaney. Mae yn fachgen hawddgar iawn, Ffrancwr o ochr ei fam a'i dad yn Wyddel. Cafodd ei dad ei ladd mewn ysgarmes yma pan oedd Shaun yn ifanc ac aeth ei fam yn ôl i Ffrainc, ond gan ei bod wedi priodi â Phrydeinwr bu raid iddi ymadael a daeth yn ôl i Ddulyn.

Bydd Shaun yn hoff o sôn am ei blentyndod yn Ffrainc ac yn ymwybodol o'r newid byd yno a'r bywyd didaro a diofal y Gwyddelod yma.

Mae pob unigolyn yma i'w gweld yn berchen march, ac yn eu tywys gan amlaf gyda chortyn yn hytrach na'r ffrwyn arferol.

Eich annwyl ferch,
Angharad.

F'annwyl Rieni,

Dyma fi yn cymryd y cyfle i anfon gair. Diolch yn fawr am eich llythyr chwi a'i gynnwys.

Mae bywyd yn y Coleg yn golygu llawer iawn o waith, ond rwyf yn hapus. Caf groeso bob amser ar aelwyd Elisabeth a Richard.

Byddaf yn cael cipolwg ar ferched Drws-y-coed o bryd i'w gilydd a deallaf fod ysgol Mary Griffith yn llwyddiannus. Hithau, fel minnau yn diolch am y camau a gymerasom i ddod yma i gael gwell addysg, yn enwedig yn y gyfraith sydd mor hanfodol i ni gael chwarae teg adref yng Nghymru. Diolch i'r Morafiaid am ein hybu.

Mae cyfreithiau'r Brenin Hywel Dda gennym ni'r Cymry, ond erbyn hyn haerai rhai mai cyfraith ar bapur ydynt. Nid wyf yn cydweld â hwy.

Delfryd Hywel oedd uno a dosbarthu amodau bywyd y gwahanol daleithau a unasai yn ei deyrnas. Gorffwys ei glod ar ei waith fel deddfwr a gellir honni mai o'i gyfraith yn bennaf y tarddodd yr ymwybod genedlaethol Gymreig yn yr Oesoedd Canol.

Mae gweddill chwiorydd Alis, tair ohonynt, wedi cwblhau eu tymor yma yng Ngholeg y Morafiaid ac mae sôn fod y ddau fachgen i'w dilyn.

Pan ar yr ochr yma i Fôr Iwerddon byddant wrth eu bodd yn mynychu Chwaraedy a Smock Alley yn arbennig gan mai yno y bydd y dramâu gorau yn cael eu llwyfanu, rhai wedi cael eu cyfieithu o'r Ffrangeg gan Elisabeth. Mae Chwaraedy yr Abaty yn boblogaidd hefyd.

Fel gwir Forafiad troi eu hwynebau'r ochr arall a wnant rhag cael eu denu i'r Brasen Head a thafarndai tebyg.

Pan ar ddiwrnod rhydd oddi wrth ein gwersi bydd un o'r myfyrwyr Shaun Delaney, hanner Gwyddel a hanner Ffrancwr, a minnau, yn marchogaeth hyd ffyrdd diarffordd, neu ar hyd yr Afon Liffey swrth a budr, weithiau, ond mae'r olygfa'n anhygoel ac yn perthyn yn arbennig i'r wlad.

Bûm gyda Shaun yn yr eglwys y bore yma.

Mae'n fachgen serchus, diddorol a hunanfeddiannol.

Respondez s'il vous plait, yn fuan gobeithio gyda hanes pawb a phopeth.

Eich annwyl ferch,
Angharad.

Yn fuan ar ôl iddi gofrestru yn y coleg aeth i fyny'r grisiau i'r fynedfa a gwelodd ef, llanc ifanc llunaidd o gorff, talach a sythach na'r rhelyw o'r myfyrwyr eraill, ei wallt melynwyn yn gyrliog. Roedd yn amlwg yn hunanfeddiannol, yn cadw ar wahân i bawb arall.

Gobeithiai Angharad ei fod yntau â'i fryd ar y gyfraith fel hithau. Trodd i'r chwith, felly yntau ac amryw o'r myfyrwyr.

Diolchodd yn ei chalon fod Ffowc Prys wedi gofalu fod ganddi'r gwerslyfrau priodol, ac iddo ef oedd y diolch ei bod ar y blaen yn ei gwybodaeth o'r gyfraith.

Un diwrnod, a hwythau wedi eu rhyddhau o'r dosbarth, disgwyliodd Shaun wrthi a chydgerddodd y ddau allan. Roedd Angharad ar ben ei digon. Nid oedd ganddo fawr i'w ddweud, rhy dawedog, a hithau yn ysu i gael sgwrs.

Sylwodd fod ganddo fymryn o acen Ffrangeg a hynny yn peri mwy o ddiddordeb iddi gan ei bod yn dysgu'r iaith drwy ymdrech Elisabeth.

"Rwy'n sylwi fod gennych chwi acen wahanol i'r gweddill ohonom, madam," meddai'n gwrtais.

"Oes, debyg, gan mai o Gymru rwy'n dod, ac mae amryw o fy nheulu yma ac acw yn y ddinas yma hefyd."

Daeth sŵn y milisia o'r pellter a sylwodd yr eneth graff fod y myfyriwr ifanc yn anghyffyrddus braidd. Fel yn sibrwd wrth ei hun, meddai, "Tybed beth mae y rhai yna yn ei wneud y ffordd yma?"

"Clywais eu bod yn ailarfogi am ryw reswm. Nid ydym ni yn fy ardal wedi gweld dim byd tebyg i filisia erioed."

"Dyna ffodus ydych."

Gwahanodd y ddau i'r neuadd breswyl.

Roedd y llanc yn parhau i gymryd diddordeb yn Angharad a gwahoddodd hi un noson i wagsymeru ar hyd Afon Liffey, ac meddai:

"Beth yw eich enw os wyf mor hy a gofyn?"

"Angharad James yn ôl y Saeson ond, yn ôl y Cymry, Angharad Jams."

"Angharad Jams felly." Anwybyddodd y James.

"Fy enw i yw Shaun Delaney, hanner Gwyddel a hanner Ffrancwr. Collodd fy nhad ei fywyd yn yr ymryson ar Fryn Vinegr pan oeddwn yn ifanc iawn, aeth fy mam yn ôl i Ffrainc ond gan ei bod wedi priodi â Phrydeinwr gorfu iddi ddychwelyd i'r wlad hon, sydd yn annwyl gennyf oherwydd fod y chwyldroad Ffrengig yn parhau."

"Roeddwn wedi sylwi fod gennych yr awgrym lleiaf o acen Ffrengig."

"Rhaid i mi gydnabod eich bod yn graff iawn."

"Cymraes ydw i."

Edrychodd Shaun arni gyda'r myfyrdod: "Glywsoch chi Angharad, am Jacques Rousseau neu Tom Paine?"

"Dim o gwbl er fy mod yn dysgu Ffrangeg gyda'm modryb sydd yn actores a chyfieithydd dramâu o'r Ffrangeg."

"Roedd y ddau wedi bod yn hybu'r rhyfel cartref yn Ffrainc, chware teg iddynt."

"Sut felly, a pham?"

"Nid oeddynt yn fodlon fod pennaeth gwladwriaeth yn feistr ar y bobl. Cawsant ddylanwad angerddol ar y chwyldro Ffrengig."

"Rwyf yn dysgu eto ond heb fod yn deall y sefyllfa, maddeuwch i mi."

Un noswaith, a hithau yn edmygu'r olygfa o ffenestr ei hystafell wely, a'r lleuad yn goleuo'r fan, er mawr syndod iddi gwelodd symudiad oddi allan. Roedd dyn yn crafangu dros fur y coleg. Nid oedd amheuaeth ganddi mai Shaun oedd y dyn, buasai yn ei adnabod ym mhig y fran, ei wallt golau a'i gorff lluniaidd yn ei fradychu iddi hi oedd yn ei garu.

Ar ôl disgyn i'r llwyn yr ochr arall draw, cododd a rhedodd y gŵr ifanc ar wib fel y diflannodd dros y gorwel.

Aeth Angharad yn ôl i'w gwely wedi cynhyrfu. Ni allai ddirnad yr hyn a welodd â'i llygaid ei hun. Nid oedd am ei fradychu i'r awdurdodau ar un cyfrif. Cadwai'r gyfrinach hyd nes cael eglurhad gan Shaun ei hun.

Cawsant lawer o bleser ym marchogaeth ar eu ceffylau llogi allan i'r wlad. Dyma'r ffordd i weld y wlad a ffordd o fyw y werin bobl.

Meddai Shaun: "Mae rhai o'r gwladwyr yma yn teimlo chwithdod am y Dulyn a fu, am flas y cynfyd a cholli'r Senedd. Y tirfeddianwyr yn troi am Lundain am eu pleserau, dyna eu Meca hwy a'r tlodion yn dlotach, a'r bobl gyffredin yn dangos atgasedd tuag at y Saeson o dan yr wyneb. Eu nod yw cael eu rhyddhau o'r gormes."

"Ond wedyn Shaun, gwelir y werin yn mwynhau eu hunain yn dawnsio yn swn y delyn Wyddelig ar gornel y strydoedd neu ar y croesffyrdd, beth wnei di o hynny?"

Rhoddodd hyn gyfle i Angharad ddatguddio yr hyn a welodd un noswaith.

"Gwelais di o fy ystafell wely un noswaith olau leuad yn dringo dros fur y coleg. Tebyg dy fod yn cyfarfod â rhywun, a hynny ar frys. Paham Shaun, paham? Os yn y ffordd yna rwyt ti'n gweithredu dros dy wlad yr wyt yn peryglu dy fywyd a'th ddyfodol. Does gennyt ti ddim gobaith."

"Oes, pwy roddo glo ar obaith, Angharad? Edrych ar y tlodi. Hofelau yw eu cartrefi a'r tirfeddianwyr heb falio botwm corn yn y Dulyn a fu, blas y cynfyd y maent hwy yn ei ddeisyfu. Llundain yw eu Meca hwy. A oes tebyg i'r rhain, gan bwyntio at res o gabanau a'u toau o dyweirch wedi eu gwasgaru ar hyd ymyl y corsydd. A oes tebyg i'r rhain yng Nghymru?"

"Nac oes wir, maent yn dlawd ond mae ganddynt fythynnod clud a geidw'r tywydd allan. Ni fyddant yn addas i neb ond i'r anifeiliaid."

"Ond nid anifeiliaid yw'r rheini, pobl ddeallus gan fwyaf, ac fe geisiaf wneud fy ngorau drostynt ryw ddiwrnod."

Roedd Angharad yn dechrau gweld y golau hefyd. Onid oedd Ffowc Prys wedi sôn wrth ei dri disgybl am y coed ffinidwydd neu goed Siarls a ddefnyddiwyd gan y Jacobiaid ac a blannwyd yn y gerddi i ddangos cefnogaeth i'r Albanwr? Ac oni ddodwyd ffurf pysgodyn ar y mur oddi allan i rai o dai yn Jwdea yn arwydd o gefnogaeth i Gristnogaeth?

Arafodd Shaun ei geffyl a disgynnodd oddi arno. Arhosodd Angharad yn ei hunfan. Rhoddodd ei law ar y march ac edrychodd i fyw llygad yr eneth.

"Tybed a wyt yn dechrau gweld fy ochr i o'r broblem? Tybed wyt yn fy ngharu ddigon i mi rannu fy nghyfrinach â thi?"

Gostyngodd ei phen. "Ni wn, yn wir ni wn, Shaun."

Gwyddai yn ei chalon ei bod yn caru'r bachgen golygus.

"Roedd yn rheidrwydd i mi gael sgwrs ag un o'r tyddynwyr dros y ffin y noswaith o'r blaen ac mae yn rhaid cael neges i un sydd wedi bod yn ffrind da imi yma yn Nulyn, a hynny heb golli amser. Pe bawn i yn ceisio cysylltu ag ef buasai'r giwed ar fy ôl."

Rhoddodd Angharad ystyriaeth fyfyrgar i'r hyn yr oedd Shaun wedi ei ddatgelu. Nid oedd mor sicr o'i deimladau ef tuag ati hi.

"Beth mae hyn yn ei olygu?"

"Angharad, mae yn dda i'w ryfeddu fod Cymraes mor huawdl a doeth fel ti yn fy neall. Pe bawb yn gofyn am dy gymorth, a fuaset yn barod i ymateb?"

"Pam gofyn i mi?" Nid oedd am gael ei rhwydo, roedd yn amlwg yn anfodlon, ond eto roedd yn ei garu.

"Cyn i ti roi dy atebiad, a bydd rhaid i mi ei gael heddiw. Beth am fynd draw i'r eglwys fach acw? Mae yn werth ei gweld oddi mewn."

"Ond Eglwys Babyddol yw, aelod o Eglwys Loegr wyf fi. Beth fuasai Ffowc Prys yn ei ddweud?"

Rhwymwyd y ceffylau ac aethant i mewn. Rhoddodd Shaun arwydd y Groes a moesymgrymodd Angharad.

Tra roedd yn parablu ei 'Henffych Fair' aeth Angharad ar ei gliniau hefyd i ddweud ei phader hithau, fel y dysgwyd hi gan ei rheithor.

"*Pater Noster, qui es in caelis, sanctificetur nomen tuum; Adveniat regnum tuum, fiat voluntas tua sicut in caelo, et in terra. Panem nostrum quotidianum da nobis hodie. Et dimittee nobis debita nostra sicut et nos dimittimus debitoribus nostris. Et ne nos inducas in tentationem, sed libera nos a malo.*"

Pan ddaethant allan teimlodd Angharad ei bod wedi ei hysbrydoli yn heddwch yr eglwys fach. Gwyddai beth fuasai ei ymateb hi.

"Wyddost ti pan welaist fi y noswaith honno yn mynd ar fy hynt, cyfarfod â chyfeillion oeddwn dros y ffin. Mae trefniadau wedi mynd o chwith."

"Beth wyt am i mi wneud Shaun? Cofia, bydd raid i mi drefnu fy ngwersi a'r darlithoedd. Mae'r gyfraith yn bwysig i mi. Rwyf yn cael boddhad mawr yn ei hastudio."

"Diolch Angharad, gwyddwn y medran ddibynnu arnat."

Roedd hi am blygu i'r drefn â Shaun. Gwenodd y ddau ar ei gilydd. "Beth yw'r neges?"

"Mae cyfaill i mi yn cadw siop lyfrau ynghanol y dref, fe allai ei fywyd fod mewn perygl."

"Pam nad ei di dy hun yno?"

"Buaswn yn cael fy adnabod. Mae ysbïwyr ymhob man."

"Rydym yn ymddiried ynddo. Bydd yn rhoi rhes o negeseuau drwy deitlau ei gofrestr. Mae bywyd dyn arall, Ffransis Stephen, yn y fantol hefyd. Byddai bob amser yn rhoi cefnogaeth ariannol inni."

"Wyt ti'n siŵr fod yn fy ngallu i gyflawni'r siwrne beryglus yma?"

"Wrth gwrs mae yn bosibl i ti gyflawni hyn, y rebel fach."

"Mae'r masnachdy ar gyfer Stryd Sackville, sawl drws i lawr y drofa gyntaf ar ôl y bont."

"Dos ar frys mae amser yn brin. Mae'r dihirod o filisia ar dy ôl. Gofyn am Mr. Danny O'Rorke. Pe bai cwsmer arall yno cymer dy amser i edrych drwy y rhifynnau, er mai anaml iawn y bydd yno gwsmeriaid fel arfer. Rho iddo deitlau'r llyfrau, sef y côd 'Tara', a 'Datgelwyd ffug ddiniweidrwydd', a dwed fod Ffransis Stephen yn aros amdanynt. Fe ofala Danny anfon y neges."

"Beth pe bai Mr. O'Rorke yn gofyn cwestiynau?"

"Wnaiff o ddim. Dwed mai ffrind o'r wlad a roddodd y siars i ti."

"Beth ddigwydd i ti Shaun, a wyt yn debyg o aros yn y Coleg?"

"Byddaf wrth gwrs, am ychydig o amser beth bynnag. Wiw i mi ddiflannu yn rhy fuan," a chwarddodd, "Hoffwn gael tystysgrif deilwng cyn gorffen."

"Â'r dyn yna na welais mohono o'r blaen, rwyf yn teimlo fy mod yn gyfrifol am ei ddiogelwch, yn enwedig pe bawn yn analluog i drosglwyddo'r côd. Paham nad yw yn bosibl anfon nodyn iddo?"

"Dim ar un cyfrif. Mae yn rhy beryg. Gallasai unrhyw un ei agor."

"Os bydd i ti ddiflannu yn sydyn, a yw yn bosibl i mi gysylltu â thi? Nid oes amser na'r dyhead i dy garu yn ôl."

"Wyddost ti, Angharad, rhaid dy fod yn fy ngharu i wneud

hyn oll i mi, ond carwriaeth Plato ydyw ynte, pur, glân a diniwed."

"Paid ag oedi, Shaun, dwed sut a pha le?"

"Wyt ti yn cofio ni yn mynd i mewn i'r eglwys fach honno ar gyrion y dref?"

"Ydwyf."

"Caf loches yno, mae'r Tad Clement yn gyfaill agos i mi."

Cyrhaeddodd Angharad y siop lyfrau â'i gwynt yn ei dwrn. Agorodd ddrws y masnachdy yn araf a gwelodd annibendod llwyr, llyfrau yn bentyrrau blith-drafflith ymhob man, a'r llwch yn dew arnynt.

Daeth hen ŵr ymlaen gan lusgo'i draed, ei wydrau ar flaen ei drwyn – rhuthrodd ar y ferch bert dros eu hymyl, ac meddai:

"Ddim llyfrgell fenthyg sydd yma."

"Mae hynny yn eglur. Rwyf wedi dod ynglŷn â theitlau llyfrau, rhai arbennig."

"Atgyweirio yw fy mhrif ddiddordeb. Gwnaf fwy i ambell lyfr na all llawfeddyg wneud i'w ddioddefydd, ha, ha."

Yn syth a heb flewyn ar ei thafod, gan nad oedd yn hoffi'r dyn, meddai, "Y llyfrau 'Tara', ynghyd â'r llyfr 'Datgelwyd ffug ddiniweidrwydd', mae Meistr Ffransis Stephen yn ei geisio."

Arhosodd yr hen ŵr am ennyd.

"Erbyn meddwl nid yw'r teitlau yna yn anadnabyddus i mi."

"A wnewch chi roi'r wybodaeth i Meistr Stephen mor fuan ag sydd bosibl?"

"Hwyrach y medraf eich boddio."

"Diolch."

Aeth Angharad allan fel pe bai cŵn y fall ar ei hôl.

Yn y cyfamser, hithau wedi cwblhau ei harholiadau tymor, a Shaun wedi mynd bron ar ei liniau i ddiolch iddi am fynd â'r neges i Stryd Sackville, meddai wrtho.

"Rho'r gorau i freuddwydio, Shaun. Wyddost ti rwyt yn fwy

dewr na doeth. Mae angen doethineb a chymhwyster gwleidydd i wneud yr hyn wyt ti yn ei geisio."

"Wyt ti yn meddwl nad wyf yn ddoeth felly? Wyddost ti Angharad nid wyf wedi cyfarfod â neb fel ti. Wnes i erioed feddwl y medrwn ymddiried yn rhywun nad oedd yn Wyddel."

"Wnes innau erioed feddwl y buaswn yn cau fy llygaid ar droseddwr oedd yn ceisio dianc."

"Rhaid inni ffarwelio, Angharad. Os gwireddir fy mreuddwydion a digon o arian gennyf deuaf i Gymru ar dy ôl." Ymgrymodd wrth ddrws yr eglwys. Tynnodd hithau ei thelyn fach a dechreuodd ganu.

Rhoddodd ei ddwylo ar ei hysgwyddau a thynnodd hi ato. Cusanodd hi yn ysgafn, cofleidiad ysgafn ysgafn, dim tanbeidrwydd fel y buasai hi'n ddymuno.

"Caru Plato fydd hwn, ynte Angharad?"

Sylwodd Angharad fod y milisia â'u gynnau llaw yn barod yn ffureta ymhobman a hithau yn ymboeni am Shaun a oedd wedi diflannu o'r Coleg.

Ar ddiwrnod rhydd oddi wrth ei gwersi aeth ar gefn ei cheffyl, pecyn o fwyd ar ei hysgwyddau ac anelu am yr eglwys fach, disgynnodd oddi ar y march a'i wneud yn ddiogel wrth y porth. Aeth i mewn lincyn loncyn gan lygadu pob cornel yn llechwraidd.

Yn sydyn gwelodd rhywbeth yn symud yn y gell-gyffes. Neb llai na Shaun.

Aeth tuag at y gell.

Daeth llais.

"Angharad, fy nghariad Geltaidd, rwyt fel dur," Pwy fuasai yn meddwl y buaset ti yn mentro yma wedi'r cwbl. Rwyn falch o dy weld."

"Shaun, Shaun," cafodd fraw wrth edrych ar ei wedd.

"Dyma becyn o fara a chig. Nid oeddwn yn ddigon dewr i fynychu Shabeen na'r Brazen Head na Thafarn y Bailey. Siawns nad oes digon o ddŵr pur i ti.

Ddoi di Shaun
Gyda mi
Dros y Weilgi
Ddoi di Shaun?
I wlad y bryniau
I Eryri
Gwlad y Mabinogi
Ddoi di Shaun?
Cawn rodio'n rhydd
Dros fryn a gweunydd
Ddoi di Shaun?"

"Cân diolch i ti, Angharad."

Rhoddodd ei ddwylo amdani a'i chofleidio. Ymwahanodd y ddau.

Yn ddiseremoni aeth y ddau ar eu gliniau ac uno yn eu pader *Agnus Dei, ora pro nobis.*

Nid oedd Angharad am i Shaun weld yr ing a'r angerdd yn ei hwyneb. Aeth allan, rhyddhaodd y march brithlwyd. Gwyddai y byddai croeso a chysur ar aelwyd Elisabeth.

Erbyn hyn, a'i wallt wedi ei liwio, adnabu neb y morwr gwallt du yn ffugio bod yn feddw chwil yn cwympo ar y cei tra'n anelu am y llong fechan oedd yn glanio ac yn hwylio allan yn ddisymwth o'r wlad, yntau yn ddiogel ar ei bwrdd.

Daeth yn ben llanw ar fywyd Angharad yn yr Ynys Werdd. Ni ddychwelai yno. Er aeth drwy arholiadau'r Coleg yn llwyddiannus.

Bu Elisabeth yn garedig dros ben wrthi, yn enwedig pan oedd Angharad wir angen cysur a rhywun i roi ei phen ar ysgwydd. Pwy fuasai yn adnabod y ferch benderfynol o'r Gelli yn torri ei chalon?

Daeth Elisabeth i'r porthladd i ffarwelio â hi. "Rhaid i ti anghofio *l'affaire d'amour en avant, Bon voyage,* merch i, a daeth gwên i wynepryd Angharad wrth gofio ymdrechion Elisabeth i ddysgu'r iaith Ffrangeg iddi.

"*Nous verrons, au revoir,* Elisabeth." Arhosodd yn yr un lle ar fwrdd y llong nes oedd ei modryb ond megis rhith yn y pellter.

Roedd y môr y diwrnod hwnnw yn llyfn fel cledr ei llaw. Byddai mynyddoedd Cymru yn gyfarwydd iddi pan godai'r tes bach Gŵyl Fihangel, a siawns na fyddai'n bosibl gweld yr Wyddfa, ac Ynys Enlli yn y pellter.

"Yna draw byddai cartref, lloches, carchar neu baradwys a'r pridd sy'n cynnal fy ngwreiddiau chwedl fy nhad yn fy nghroesawu'n ôl."

Cauodd y gorffennol yn ei meddwl gyda chlonc hyd nes yr oedd yr allwedd dybiedig yn diasbedain. Glaniodd y llong *Prydwen* ym mhorthladd Caergybi. Roedd ei thad yn ei disgwyl mewn cerbyd hurio.

"Croeso'n ôl, merch i. Bydd yn hyfryd cael dy gwmni ar draws y wlad yma. Mae dy fam bron â thorri ei chalon o hiraeth a gofal amdanat. Ofni mae'n siŵr fod y newyn yn Iwerddon yn cael effaith arnat." A meddwl ei thad fel arfer yn debyg i dyndir da wedi ei droi am y tro cyntaf yn cnydio'n rhwydd a thoreithiog.

"Na, roedd Elisabeth yn gofalu am fy nghylla pan oeddwn yn teimlo eisiau rhywbeth amgenach na bara du'r Coleg."

"Ardderchog, a chware teg i Elisabeth. Dacw Foel-y-don a'r cwch bach yn ein disgwyl i groesi i Gaernarfon. Rhaid inni beidio ag anghofio Robat a Tomos ar eu meirch a march yr un i ninnau a Merlin wrth gwrs."

"Mae'n siŵr fod Tomos yn 'sglaig erbyn hyn?"

"Ydyw, ei drwyn mewn rhyw lyfr neu gilydd mi dybiwn, yng ngolau'r gannwyll frwyn, a'r Saesneg ar flaen ei fysedd bron erbyn hyn."

"Da iawn, mae fy hyfforddiant wedi dwyn ffrwyth cant y cant, felly."

Roedd ei mam a'i theulu yn ei disgwyl yn ôl a chafodd groeso twymgalon. Ar ôl pryd o fwyd penderfynodd Angharad fynd am dro i gael blasu awyr iach y mynydd.

Yn y pellter gwelodd ferch fel hithau yn gwagsymera. Yn sydyn sylweddolodd mai Mary, Drws-y-coed Uchaf oedd hi, yn cadw ysgol yn Nulyn ac adref am seibiant. Ar ôl agosáu, penderfynodd y ddwy eistedd ar dwmpath o rug ar y talwrn.

"Beth a ddaeth â ti yn ôl Angharad?"

"Rwyf wedi cwblhau fy ngwrs yn y Coleg."

"Wyddost ti cyn dod gwelais rhywun oedd yn dy adnabod yn dda, Angharad, hen gariad hwyrach?"

"Hwyrach wir. Wyddost ti, Mary, ni all rhywun guddio cariad. Rwyf fi wedi ei guddio am flynyddoedd bellach. Ni fuom yn cyd-garu ond roeddwn i yn ei garu ef yn angerddol. Daeth ag atgofion o gilfach ddyfnaf fy nghalon."

"Paid wir," a rhoddodd Mary ei breichiau o gylch ysgwyddau Angharad. "Cusanu gofidiau yw hynny. Rhoi cyfraith ar ei deulu ynglŷn ag eiddo ei hen daid yr oedd, a phwy a ŵyr y canlyniadau? Dywedodd na wnai byth dy anghofio di."

Ffarweliodd â Mary ac aeth hithau yn ôl i'r Gelli yn drist.

Sylwodd ei mam arni ac aeth i chwilio am ei gŵr.

"Jams, rhaid i ni gael gair ynglŷn ag Angharad."

"Ewch yn eich blaen, Elin," a rhoddodd heibio i ddosbarthu'r mân us o'r grawn, y baledi a'r cerddi roedd Angharad ac yntau wedi eu casglu a'u cyfansoddi.

"Af ar fy llw fod rhywbeth wedi digwydd iddi yn Nulyn. Beth, nid oes gennyf y syniad lleiaf, er wedi meddwl."

"Os ydych chi wedi cael syniad rhaid ei fod yn iawn."

"Os cofiwch, Jams, nid yw ers tipyn o amser wedi sôn fel y byddai am y bachgen Shaun yna, ac o adnabod Angharad ni chawn wybod chwaith."

Ysgwydodd Jams ei ben.

"Gwir a ddywedwch."

"Oes siawns iddi gyfarfod â rhywun yma. Gŵr ifanc o'r un anian â hithau hwyrach?"

"Na, byddai'n rhaid iddi fod yn geffyl blaen yn siŵr i chi neu dorri ei hysbryd hi neu unrhyw lanc."

"Ond pwy ddwedwch chi, Jams?"

"Ni wn."

"Rhaid inni fod yn ofalus. Fe hudodd y Shaun yna hi mor sicr â gwyfyn i olau cannwyll."

"Na hidiwch, Elin, yn ôl yr hen air, yr awr dywyllaf yw'r un cyn toriad y wawr. Beth am iddi fynd at ei modrybedd i Ddolwyddelan am ysbaid. Caiff ei difetha, ac mae yn hoff iawn o'r ardal, yn enwedig y Cwm."

"I'r dim, Jams. Mae ganddi gryn feddwl o William Prichard hefyd. Y ddau yn cael dipyn o hwyl wrth brydyddu."

Anfonaf air gyda Lewys Huws, y porthmon, Siawns na fydd William Prichard yn Ffair Llanrwst i'w dderbyn."

Ymhen ysbaid daeth Angharad drwodd i'r parlwr bach.

"Cyfarfyddais â Mary Davies, Drws-y-coed ar y Talwrn a chawsom ymgom. Sylwais nad oedd siw na miw o deulu'r Morafiaid yn unlle. Fel arfer maent yn llafurio yn y caeau. Anghofiais ofyn iddi ple y gallasant fod. Dim siawns iddynt hwy gael hoe na gwyliau debyg."

Ysgwydodd Elin Angharad ei phen.

"Na, maent wedi mynd, heb na ffarwel bron, fe aethant fel codiad niwl yn haul y bore fel petai, ond mae eu capel bach yn dyst ac yn gofadail iddynt. Tŷ annedd fydd yn awr. Rhaid inni gydnabod bydd chwith mawr i'r ardal ar eu hôl."

"Bydd chwith i minnau. Beth ddaw ohonof, y Morafiaid wedi mynd, dim rhagor o sgwrsio, a Mary ar ei ffordd yn ôl i Iwerddon."

"A dweud y gwir rydym yn meddwl dy fod angen newid arnat ar ôl yr holl astudio yna."

"Ond i ble?" Roedd fel rhosyn yn arllwys ei henaid yng

ngwres y prynhawn hwnnw o haf. Felly roedd ei thad yn ei gweld.

"Nid i Gaernarfon, gobeithio. Mae'r fan honno'n llawn o longau masnach yn mynd i'r fan a fynnont, morwyr a lladron?"

Meddwl yr oeddwn y buasai tro i Ddolwyddelan o les mawr iti.

"O, mam a dad, diolch i chi." Rhoddodd Elin Angharad ochenaid o ryddhad.

"Bydd dy fodrybedd wrth eu bodd rwyn siŵr, byddant yn dy ddifetha."

"Un peth, nhad." Daliodd Jams ei wynt, 'dyma fo yn dwad,' meddai wrth ei hun.

"Ar ôl bod yn hunanfeddiannol cyhyd, ni fyddaf angen cwmni ar y daith ar wahân i Manon a Tomos. Byddwn yn dra gofalus gallaf eich sicrhau."

"Tomos tybed?" meddai ei thad ar ôl cael ei wynt ato, "Mae lladron penffordd yma hefyd wsti. Wedi meddwl mae Tomos wedi tyfu i fod yn llanc cyfrifol a Malan hithau'n credu y gellir dibynnu arni.

Bydd raid iti sefyll ar dy draed dy hun rywbryd."

"Pryd gawn ni fynd?"

"Dechrau wythnos nesaf. Rhaid rhoi amser i'r porthmon gyrraedd Ffair Llanrwst gyda'r nodyn. O bosib y daw William Prichard i'ch cyfarfod."

Â gwynt Tachwedd yn chwyrlio o gwmpas y cof fel dail ar war y gwynt, cofiodd hithau fel y buasai wedi rhedeg i'r Rheithordy gyda'r newyddion.

"Sut mae Rhys a Huw?"

"Maent yn eu blwyddyn olaf yng Ngholeg Caergrawnt wrth gwrs." A daeth hiraeth am a fu i Angharad. Safodd ar garreg drws ei chartref ac awel y nos yn cario anadl y coed pinwydd o ochr y mynydd.

Un diwrnod yr wythnos ddilynol gydag amrywiaeth o

gyfarwyddyd am hyn a'r llall gan Elin a Jams cychwynnodd y tri am y 'Ddoliwen' neu'r 'Ddolifelyn', chwedl mam Sinfi y sipsi.

Meddai Tomos gan sythu, 'Gan mai fi sydd yn gyfrifol am eich diogelwch,' gan gofio am fyrbwylltra ei feistres ifanc y dyddiau a fu, "byddaf yn marchogaeth ar y blaen, yna chwi Meistres Angharad yn y canol a Manon o'r ôl." Trodd at ei feistr.

"Fydd hynny yn iawn, syr?"

"Maent yn dy ddwylo di o hyn ymlaen, Tomos."

I ffwrdd yr aethant heibio'r llyn, dros Fwlch y Gylfin i Ryd-ddu heibio troed yr Wyddfa, Hafod Lwyfog draw, yna i Fwlch y Rhediad.

"Af ar fy ngwir draw fan acw mae William Prichard yn ein disgwyl. Mae yn sefyll yn ei unfan fel gwyliwr ar y tŵr. Beth ddyliwch chi, Malan a Tomos?"

"Siŵr o fod," meddai Tomos a oedd ar y blaen. "Ei lygaid arnom ni a'r llall draw ar ei filltir sgwâr yn y Cwm."

Pan ddaethant yn agosach cododd William Prichard ei law.

"Henffych well, Meistres Angharad, y brydyddes, ac i chwithau eich dau, Meistres Malan, a Tomos am fod mor garcus ohonoch."

"Dydd da William Prichard a diolch i chwithau am fod yn angel gwarcheidiol drosom," meddai Angharad, "Sut hwyl sydd ar fy modrybedd?"

"Ar ben eu digon, yn hapus fod eu nith yn dod ar ymweliad."

Roedd gwaith Tomos yn eu gwarchod ar ben am y tro, a gadawodd i William Prichard ac Angharad gyd-farchogaeth ar y blaen. Aeth yntau i gael sgwrs gyda Manon.

Trodd William Prichard at Angharad.

"Rydych wedi tyfu yn gorfforol, ond mae eich pryd a'ch gwedd yn dangos i chwi fod yn astudio o fore gwyn tan nos. Bydd cael gwyliau yma yn Nolwyddelan a heddwch y Cwm yn dod â'r wedd yn ôl yn siŵr i chi.

Diolchodd Angharad nad oedd raid iddi ymateb.

"Bydd cael gornest brydyddu yn awr ac yn y man yn newid i chi ar ôl Lladin a'r Gyfraith."

Nid oedd ganddi ddim i'w ddweud eto chwaith.

Rhyfeddai William Prichard at ei distawrwydd. Hi o bawb fyddai yn holi a stilio o hyd ac o hyd.

Roedd Elin Angharad mewn peth penbleth a'r pwnc fel arfer oedd y ferch hynaf. Beth i wneud ag Angharad.

Meddai wrth ei hun, "Rhaid i mi gael gair gyda Jams."

Aeth allan i chwilio amdano a chanfu ef ynghanol cyfrifon y plwy.

"Gobeithio nad wyf yn tarfu gormod arnoch, ond rwy'n poeni am Angharad. Beth ddaw ohoni, oes siawns dybiwch chi iddi gyfarfod â rhyw ffarmwr yn Nolwyddelan?"

"Does wybod, hwyrach, mae hi yn hoff iawn o'r fangre, a gwyddoch beth yw ei hymateb i Nantlle.

Yr wyf wedi meddwl beth am ei rhoi mewn ffarm ei hun. Fel y gwyddoch bydd raid iddi gael ei phen yn rhydd pwy bynnag fydd iddi briodi. Buasai rhoi ei gwaddol iddi rwan yn gymorth ac yn ysbardun."

"Beth fuasai gwerth gwaddol iddi erbyn hyn, Jams? Mae gennych ddigon o arian yn yr hen hosan yna," a gwenodd wrth gofio mor garcus fu ei rieni ef erstalwm, a'r arian hynny wedi dodwy."

"Buaswn yn fodlon iddi gael yr un swm â Marged pan fydd hi'n priodi, a dyna Dafydd, bid siŵr, a'i fryd ar yr Eglwys ac yn setlo yng Nghlynnog.

"A'r swm hwnnw?"

"Pum punt ar hugain yn ôl arian y Saeson, a swm anferth y dyddiau yma."

Roedd Elin Angharad yn breuddwydio yn barod, ei merch yn etifeddes. Roedd digon o ffermydd â meibion braf ynddynt yng nghymdogaeth Dolwyddelan, megis, y Fynhadog,

Gorddinan, Bertheos, Cae'r Melwr a Bryn Moel, dim ond i enwi dwy neu dair.

Ond roedd ysgogiad i ddod a hynny o le annisgwyl, ond nid o'r un lle.

Cafodd Angharad y croeso arferol gan ei modrybedd.

"Bydd yn hyfryd cael dy gwmni unwaith eto. Fe aeth y gwersi yn Nulyn ymlaen yn foddhaol yn ôl a ddeallwn."

"Do, modryb Lowri." Trodd honno at William Prichard.

"Popeth yn iawn. Bydd raid inni gael ychydig mwy o liw yn y gruddiau 'na cyn iddi ddychwelyd i'r Gelli oni bydd?"

"Beth yw dy gynlluniau erbyn hyn? holodd Lowri.

"Does gen i ddim syniad."

"Gwn un peth Madam Lowri. Bydd raid iddi ddod i lawr i'r Cwm a hynny rhag blaen, dyna'r lle i gael archwaeth."

Cododd y gwron. Rhoddodd ei droed ar y garreg-farch ac esgynnodd ar ei farch.

"Noswaith dda i chwi i gyd." A ffwrdd yr aeth y stiward at ei da byw yn y Cwm.

Rhoddodd Tomos y tri march yn y stabl ac aeth Malan ac yntau i'r gegin at y gwasanaethyddion eraill i gael powliad dda o gawl ar ôl y siwrna.

Roedd Tomos y gwas bach erstalwm wedi tyfu yn llencyn tal a Malan ac yntau wedi eu dyrchafu, Tomos i Yrru'r Wedd a'r aradr bren oedd yn rhwygo'r tir a Malan i weini ar y Feistres fel pen forwyn a chap a ffedog wen o les.

Roedd amser wedi mynd heibio er i Angharad ddod i Ddolwyddelan i fwrw penyd am hobnobio (chwedl ei mam) gyda'r sipsiwn. Onid oedd Sinfi, ei ffrind gajo, yn annwyl iddi?

"Dy rieni, a ydynt mewn iechyd?"

"Ydynt, ond mae gennyf ryw syniad nad yw popeth wrth ei bodd."

"Sut felly?" holodd Lowri.

"A dweud y gwir, poeni maent rwyn siŵr beth ddaw ohonof fi a minnau wedi graddio mor dda."

"Beth hoffet ti ei wneud, dilyn y Gyfraith ynteu ffarmio? Hwyrach y ddau, pwy a ŵyr ynte? mae blas ar ddau fyd, wsti." Edrychodd y ddwy fodrybedd ar ei gilydd.

"Ia, pwy a wŷr ynte?" Edrychodd Angharad arnynt drwy gil ei llygaid, a'r gyfreithwraig yn mynnu dod i'r wyneb. Tybed a oes ganddynt rhywbeth dan sylw?

"Mae'r haul yn machlud yn goch tua'r gorwel ac yn argoeli bore braf yfory. Mae gennyf awydd i fynd i lawr i'r Cwm a Tomos a Malan gyda mi."

"Iawn, merch i."

Prun bynnag, gwawriodd y bore dilynol yn hyfryd o braf a chyfrwyodd Tomos y tri march. Galwodd Angharad ar Lowri.

"Byddwn yn ôl erbyn ganol dydd."

"Cymerwch eich amser."

Wrth drotian i lawr i'r Cwm synnwyd Angharad gan y gwelliannau ar ôl pedair blynedd yn Nulyn. Roedd y llwybr yn llyfnach nag o'r blaen a'r meirch yn haws eu trin.

"Ble mae fy hoff blanhigion wedi diflannu, Malan, twmpathau o glychau'r gog neu glas y llwyn, y lilïau pengam gwyllt a briallu Mair? Y cwbl yn batrwm. Ond wedi'r cwbl mae'r adar yn canu. Wyddost ti Malan a thithau Tomos, yn ôl yr hen air mai trwy wrando ar y nentydd fydd yr eos yn dysgu trydar. Dacw'r Cwm o'r diwedd a'r Afon Lledr annwyl yn llifo'n llonydd heddiw nes daw lli Awst a'i gorlifo."

"Onid ydyw yn rhadlon braf."

"Rydych yn swnio fel William Prichard." A chwarddodd y ddwy.

Roedd William Prichard yn eu disgwyl a chwpaned o de gwerthfawr iddynt, anrheg gan ei feistr, y Barwn Willoughby de Eresby, mae'n siŵr. Nid oedd llawer o hwyl ar William heddiw'r bore.

Aeth Tomos i roi'r meirch yn ddiogel yn stabl y stiward.

Trodd William Prichard ato.

"Dos i edrych y da byw yn y Cwm fan draw a thithau Malan i olchi'r llestri, mae gennyf rhywbeth pwysig i'w ddweud wrth eich Meistres. Cariodd Tomos ystên o ddŵr i'r tŷ.

Meddai Malan wrtho, "Tomos, wyt ti'n meddwl mai gofyn am ei llaw y mae?"

Paid â chyboli Malan, ac yntau gryn ddeugain mlynedd yn hŷn na hi."

"Rwy'n amau nad wyt wedi datgelu rhyw gyfrinach i mi."

Sythodd Tomos: "Amser hir yw pedair blynedd yn ein calendr ni'r ifanc, wsti."

"Does wybod."

Roedd Shem yr hwsmon wedi crybwyll rhywbeth wrth Tomos.

Roedd yn siŵr o fod yn efengyl ganddo fo.

Yn y tŷ, meddai William, "Eisteddwch Angharad, yn y gadair freichiau. Fe synnwch at y newydd diweddara sydd gennyf i'w drosglwyddo i chi."

"Nid am y Gelli."

"Nage."

"Gobeithio nad yw fy rhieni wedi cael ffarm neu ŵr i mi i lawr yn y Nant. Fedrwn i ddim goddef y peth."

Suddodd i lawr yn y gadair.

"Na, gwaeth na hynny. Mae'r meistr-tir, y Barwn Willoughby de Eresby yn rhoddi tir y Cwm yn ei grynswth i fyny a bydd yn ei roddi ar ardreth i rywun fel un o blant Alys, y Saeson, hwyrach a bydd fy nhymor fel Stiward y Cwm ar ben."

Roedd calon Angharad yn gwaedu dros William druan. Eisteddodd yn syth.

"Nid oes gennych amgyffred beth mae yn ei olygu i mi ar ôl yr holl flynyddoedd."

"Mae'r gwaelod wedi mynd o fy myd."

"I chi, ond beth amdanaf fi." A'r ing i'w glywed yn ei llais.

"Mae Cwm Penamnen yn golygu ardal Dolwyddelan ac yn golygu llawer i mi hefyd."

Bu cryn fyfyrio dros y broblem a William druan a hithau yn ei chanol hi. Yn sydyn daeth haul ar fryn ac meddai wrtho,

"Fy nhad, mae wedi datrys digon o broblemau y tlawd â'r cyfoethog."

"Beth sydd gennych dan sylw fy Meistres fach?"

"Ar ôl ciniawa af i lawr yn ôl i'r Gelli i drafod y broblem gyda'm rhieni. Af â Tomos a Malan gyda mi wrth gwrs."

"Bydd gweld eich tri yn dychwelyd mor fuan yn gryn ysgytiad iddynt."

"O 'm hadnabod i (a chwerthodd) nid oes dim tu hwnt i mi."

"Byddwch yn garcus, ond mae Tomos i'w ddibynnu arno."

Roedd yn gryn ysgytiad i Lowri a'i chwaer o ddeall fod ei nith am ddychwelyd i'r Gelli mor sydyn.

"Roeddem yn ymwybodol o gyflwr William, ond nid am ddatgelu cyn y siwrna i lawr i'r Cwm. Gwyddem y loes fyddai i ti.

Galwodd Angharad ar Twm i gyfrwyo'r meirch.

"Pa wyrth wyt ti'n disgwyl i dy dad ei chyflawni y tro yma tybed. Siwrna ddiogel i chwi eich tri."

Cyrhaeddasant y Gelli ym min yr hwyr. Mawr y cyffro, y gweision uwchben grisiau cerrig yr ysgubor, y morwynion wedi gollwng eu gorchwylion yn y tŷ a phawb yn rhythu wrth weld y feistres ifanc a'i gosgordd yn cyrraedd heb neb yn eu disgwyl.

Amhosibl oedd disgrifio cyffro ei rhieni wrth glywed carnau meirch yn draw yn y buarth. Daeth y ddau i'r drws.

"Brenin mawr, beth sydd wedi digwydd," rhuodd Jams.

"Dywedwch chi," meddai Elin o dan ei gwynt.

Pan nesaodd Angharad gwenodd. "Nid yw'r byd na'r Betws ar ben eto."

Disgynnodd oddi ar ei march.

Roedd ei thad yn amlwg wedi gwylltio'n gacwn.

"Tyrd i mewn Angharad. A yw pethau wedi mynd o chwith tua'r Garnedd. A yw Lowri a Luned yn iach?"

"Beth sydd wedi digwydd i dy ddenu di yn ôl mor fuan?" meddai ei mam.

"Malan, dos i wneud cwpaned o de, te du cofia, dyma'r allwedd," a thynnodd yr allwedd oddi ar ei gwregys.

"Waeth heb â gwastraffu amser, nhad, Cwm Penamnen, mae'r Barwn Willoughby de Eresby yn rhoi i fyny'r tiriogaeth a'i roi ar ardreth. Bydd William Pritchard yn colli ei swydd fel stiward a minnau yn colli fy hoff Gwm."

Cafodd Jams gryn ysgytiad. Gwyddai mor hoff oedd Angharad o'r Cwm yn hytrach na'r Nant.

"Beth wyt ti'n ddisgwyl i mi ei wneud? Gwyrthiau hwyrach?"

"Na, ond gwn yn dda gymaint ydych wedi ei wneud i'r tlawd a'r cyfoethog ac fe wnewch i minnau rwyn siŵr."

"Gwneud beth yn enw popeth."

"Mynd at y Baron Willoughby de Eresby yng Ngwydir."

"Os wyt am ymgymryd â'r ardreth bydd yn gyfrifoldeb aruthrol iti."

"Rhag ofn i fy annwyl Gwm fynd i grafangau Saeson hwyrach, gwnaf fy ngorau. Cofiwch fy mod yn gyfreithwraig o'r radd uchaf."

Gwyddai ei thad am ei phendantrwydd hithau hefyd a mai hi fuasai'r feistres.

"I eneth mor ifanc bydd raid i'r Barwn gael sicrwydd pendant. Gallaf roddi dy waddol i ti, sef pump ar hugain sofren a chwe deg o dda byw yn cynnwys gwartheg, heffrod a defaid. Bydd rhywbeth tebyg yn waddol i dy chwaer Marged a Dafydd sydd yng Ngholeg Clynnog a'i fryd ar fynd yn Berson.

"Nhad a Mam rydych wedi bod yn garedig dros ben. Gyda chaniatâd William caf fyw yn hanner tŷ Bryn y Foel."

91

"Byw yn hanner tŷ y Stiwart. Wyt ti yn sylweddoli mai 'byw tâl' yw hynny a phobl yn barod i ddannod hynny yn dy gefn."

Meddyliodd Angharad dros y peth.

"Fe wnawn unrhyw beth i fod yn feistres y Cwm. Ia, hyd yn oed priodi William. Mae'r ddau ohonom a'r Cwm yn ein gwaed."

"Yr achlod fawr." Bu bron i Jams ac Elin lewygu wrth glywed y fath honiad.

"Pam? Dyn tawel diymhongar a hen lanc yw William Prichard wedi'r cwbl," meddai merch y Gelli yn herfeiddiol.

Roedd y penderfyniad wedi ei wneud a hithau i briodi gŵr trigain oed a hithau dim ond ugain oed. Aeth i chwilio am ei chwaer.

"Beth wyt ti'n feddwl ohona i, Marged?"

"Dim llawer, Angharad."

"Sut felly?"

"Priodi hen ddyn, dyn ifanc yn llawn asbri i mi."

"Ond cofia fel y canodd Dei Cwm Brwynog:

Geiriau mwyn gan fab a gerais,
Geiriau mwyn gan fab a glywais,
Geiriau mwyn ynt dda dros amser,
Ond y fath a siomodd lawer.

"Mae William fel y dur. Rhown fy mhen i lawr. Rwyt ti yn berffaith fodlon ar Wmffra Siôn felly. Braidd yn chwit-chwat oedd o erstalwm."

"Rwyf yn berffaith fodlon."

Mae'r Cwm yn golygu popeth i William Prichard a minnau. Bendith arnat ti a Wmffra."

Yn y parlwr roedd ei rhieni i'w gweld wedi dod dros yr ysgytiad.

"Gwell stiward na rhyw limpryn anwadal o ffarmwr wedi'r cwbl, Jams. Bydd yn dychwelyd i'r Cwm rhag blaen. Ys gwn beth fydd adwaith William."

Caiff gymaint o fraw â ninnau mae'n siŵr. Mae wedi bod yn bur ofalus ohoni."

"Wedi'r cwbl, y plasty a adeiladwyd ar y tir gan Faredudd ab Ifan a'r gora o fewn y Cwm, ond sydd wedi newid ei enw i'r Parlwr Mawr erbyn hyn, yn ddigon da iddo fo, mae'n ddigon da i minnau a'r Stiward. Af i fyny i'w weld y pnawn yma. Bydd Tomos yn fy ngwarchod. Fe ddaw yn ôl gyda'r ymateb."

"Wyddost ti, Angharad," meddai ei thad, "Roeddwn yn gydfyfyriwr â'r Barwn Willoughby de Eresby yn Ysgol Caerwynt cyn iddo fynd i Goleg Eton a Choleg Caergrawnt wedi hynny.

Byddai raid i berchennog stad Gwydir ddisgwyl am y porthmyn ddychwelyd o Ffeiriau Barnet neu Ashford er mwyn cael y prisiau gorau. Felly, mae yn fy adnabod yn dda. Fydd dim rhwystr i gael yr ardreth a thithau yn cael dy waddol sydd mor foddhaol, hefyd yr addysg ragorol a gefaist yng Ngholeg Cyfraith y Morafiaid yn Nulyn. Aeth cwmwl dros ei llygaid.

Tra roedd y Baron Willoughby de Eresby a minnau yng Nghaergrawnt cofiaf fel y mynnodd y Fonesig i'r bechgyn wisgo crysau gwlân Cymru a'r hwyl fawr fyddant yn ei gael pan fyddai rheini yn cosi a ninnau ein tri yn crafu ein gorau."

"Gyda llaw nhad, rwyn gobeithio y gwnewch ryddhau Tomos a Malan i mi. Caiff Tomos briodi ei Sinfi pe dymunai, ond hen ferch yw Malan."

Ar ôl cyfarch yn well i Lowri a Luned ac egluro sefyllfa iddynt, meddai, "Ond roeddach chi'ch dwy yn amau, onid oeddech?"

"Wel, fel dywedodd William wrthym yn gyfrinachol, 'Dos i lawr i'r Cwm'."

Aeth i lawr i'r Cwm a William yn disgwyl yn eiddgar amdani.

"Dyma fi wedi dod drwy ddŵr a thân fel petai. Mae nhad yn fodlon i roi fy ngwaddol i mi rwan os wyf am ymgymryd â'r cyfrifoldeb o'r ardreth, ond nid yw am i mi fyw tâl gyda'r stiwart, ys dywed, yn y Parlwr Mawr."

Dyna ysgytiad i'r Stiwart hefyd.

"Bydd raid inni briodi oni fydd?"

"Priodi, Angharad, priodi dyn trigain oed?"

"Fel y dywedais wrth fy rhieni. Fe wnaf unrhyw beth i gael bod yn feistres y Cwm."

"Gwnawn innau unrhyw beth i aros fel Stiwart. Os felly, a wnewch chi fy nghymryd yn ŵr?"

"Wrth gwrs, rwy'n eich adnabod er pan oeddwn yn llafnes." Gafaelodd amdano yn dyner.

"Rwy'n siŵr y gwnawn gydfyw yn dda. Rwyf wedi eich edmygu erioed. rhaid mai dyma sut wyf wedi parhau yn hen lanc, a chwarddodd y ddau:

Dy bryd a'th wedd sydd yn ddisglair,
Dy lun fel delw wenfair,
Rhoed iti liw fel rhediad ton
O degwch mwy na digon."

"Rydych yn parhau i brydyddu, William, a llawer o ddiolch i chi. Dyna ddechrau da inni."

Fe aeth Jams Davis ac Angharad i Wydir, ac wedi i'r ddau gyfoedwr gynt gyfarch ei gilydd, "Croeso i Wydir," a "Hawddamor gyfaill"; synnwyd y Barwn pan ddeallodd mai i'w ferch Angharad y bwriadai ofyn am ardreth y Cwm. Nid bod ganddo ddim yn erbyn y ferch dal osgeiddig.

"Rwyf wedi rhoi gwaddol deilwng i Angharad o bum punt-ar-ugain, a chynnwys deg o fuchod, heffrod a defaid. Mae wedi cael addysg dda, yn gyfreithferch o'r radd uchaf yng Ngholeg Cyfraith y Morafiaid yn Nulyn. Mae yn un penderfynol fel ei thad." A gwenodd.

"Ond beth am fy stiwart ffyddlon?"

"Mae'r ddau yn priodi, er mwyn cyd-fyw yn barchus yn y Parlwr Mawr."

94

A dyna ysgytiad i un arall o fawrion gwybodaeth.

"Priodi, priodi. Pob parch i William. Gŵr trigain oed a merch ugain oed."

"Nid yw'r gwahaniaeth oedran ddim o bwys gan y ddau. Cwm Penamnen sydd o bwys ganddynt, yn hytrach na'r byw tâl fuasai raid."

"A minnau yn ddiysgog ynglŷn â hynny."

"Felly, Jams, chi darodd yr hoelen."

"Dyma chi, Meistres Angharad, mae popeth wedi ei arwyddo gyda sêl eich bendith chwi fel cyfreithwraig. Bydd yr ardreth o bunt i'w dalu bob Calan Mai ac os bydd galw am hynny bydd rhyddid i minnau ei godi. Nid wyf yn ariannog fel eich tad," a chwarddodd. "Mae wedi rhoi anrheg deilwng o waddol i chwi. Cofiwch bob amser mai anrheg yw bywyd hefyd ac mae yn ofynnol ac yn rheidrwydd i ninnau ei barchu. Bendith arnoch. Yn y cyfnod anodd yma ofnaf bydd raid i chwi gael pob dimai i ddechrau byw."

Edrychodd yn syn arni, ond heb ei gweld yn iawn. Geneth ifanc ugain oed yn cymryd arni y fath gyfrifoldeb.

"Pryd fyddwch chi a William yn debyg o uno mewn glân briodas?"

"Ar ddydd fy mhenblwydd yn ugain oed, yr unfed ar bymtheg o Orffennaf."

"Ymhle, yma yn Eglwys Dolwyddelan?"

"Na gwell fydd gennyf fy rheithor, y Parchedig Ffowc Prys, fy mhriodi. Bu yn ddiwtor i mi a'i feibion, Huw a Rhys, fy hen ffrindiau. Maent hwy yng Nghaergrawnt erbyn hyn. Nid yw'r Nant 'run lle hebddynt i mi. Llawer iawn o ddiolch i chwi, y Barwn Willoughby?" Ymgrymodd hwnnw iddi ac aeth Angharad a'i thad allan yn llawen.

Un peth oedd y briodferch yn bendant yn ei gylch oedd nad oedd neb oddigerth y teulu i wybod amser ei phriodas.

Yn y cyfamser roedd Elin Angharad mewn ffwdan, ei merch hynaf yn priodi. Beth i'w gwisgo ar y diwrnod mawr.

Yn gyntaf oll, yn ôl yr arfer, roedd yn ofynnol iddi godi ei gwallt i fyny. Dim rhagor o'r blethen laes yna, byddai honno yn cordeddu o gwmpas ei phen â blodau'r gweunydd, megis llygaid y dydd, lili'r dyffrynnoedd a rhosynnau gwyn bychain o ardd y rheithordy yn goron fechan ar ei phen.

Yna ei gwisg, yn sydyn daeth y syniad i Elin fod ei gwisg priodas hi ei hun i sgweiar Gelli Ffrydiau dros ugain mlynedd yn ôl yn blygion yn y coffer. I'r dim, a hithau ac Angharad 'run mesur. Rhaid fyddai ei rhoi allan yn y gwynt i gael gwared, o bosibl, o arogl y llawryfen

Roedd yn wisg hardd iawn o sidan lliw faen-glas symudliw wedi ei haddurno â les Brwsel a ddeuai dros y môr i borthladd prysur Caernarfon ar un o longau y masnachwyr Robert ab William neu Edward ap Gruffydd, gwerthwyr sidan a melfed, â'u siopau yn Stryd y Castell.

Eisoes roedd Elin Angharad wedi bod yn y cwpwrdd tridarn yn rhoi y llestri arian allan ar y bwrdd derw anferth a'i liain damasg gwyn, cynnyrch Antwerp ac, er anrhydedd i'r Barwn Willoughby de Eresby, y platiau piwter wedi eu gloywi. Roedd y cwpanau yn wych ac yn ddigon mawr i ddisychedu unrhyw un, y soseri oeddynt yn ôl yr oes yn ddigon dwfn i ambell un fel y clochydd oedd yn eistedd yng ngwaelod y bwrdd derw hir i yfed ohonynt. Roedd yn ddigon pell o glyw y Barwn felly, wrth iddo draflyncu y te du a'r clapiau siwgr a ddefnyddid â'r efail siwgr anferth. Moethusrwydd na welai am beth amser reit siŵr.

Yna, rhoddwyd gwahoddiad i'r prif westai, Barwn Gwydir, y pâr priodasol a'r gwesteion eraill i'r neithior ymgymryd â'r arlwyaeth o gig yr wden, a chig carw Llychlyn wedi ei halltu a'i arforio o Sgandinafia mewn casgen o iâ i borthladd prysur Caernarfon, ar un o longau Ifan Tomos ap Rhydderch. Moethusrwydd i rai o'r gwesteion. Ychwanegwyd tatws a llysiau ac fe'u golchwyd i lawr gan win Bordeaux.

Ar ôl ei wala a sgwrs gyda Ffowc Prys, y rheithor, a Jams,

ei westai tynnodd y Barwn ei wats aur o boced ei wasgod.

"Llawer o ddiolch i chwi Meistres Elin am y lluniaeth ac i chwithau Jams am ddiwrnod hyfryd. Gwelaf allu a phosibiliadau Meistres Angharad a phob bendith a hyrwydd-der iddi yn ei menter i gadw dau ben llinyn ynghyd yn y Cwm, a rhinweddau a phendantrwydd ei thad ynddi," a gwenodd. "Rhaid imi brysuro, rwyn disgwyl Edward Morys y porthmon. Caiff y pâr priodasol gymryd eu hamser. Pob bendith ar William. Bydd chwithdod imi hebddo."

Daeth ei weinydd a'i farch ymlaen a gofalodd gwastrawd y Gelli fod yr harneis yn ei le priodol a chlôg am ei feistr. Gwelodd y Barwn fod y gweision oll yn moesymgrymu iddo a chodi eu hetiau tri onglog.

"Hawddamor i chwi i gyd." Cododd ei law, a chyn pen dim roedd y Meistr tir wedi diflannu dros y drum draw.

Yna, meddai, sgweiar y Gelli wrth ei wraig:

"Wyddost ti Elin, mae'r esgid yn gwasgu ar y tirfeddianwyr. Drwy y Cyfrin Gyngor roedd un o'r Wyniaid erstalwm yn ddyledus am dros dri chant o bunnau i'r Goron am y farwnigaeth a bu raid iddo ofyn am bum mis o ras nes dychwelai Edward Morys, Perthi Llwydion o'r brifddinas a'i sofrenni melyn a'r Barwn a'i diroedd ganddo. Mae'n dda iddo mai gŵr cydwybodol yw Edward. Cofia, gallwn i fod wedi talu ei ddyledion yn hawdd, a digon o arian yma, diolch i fy rhieni a'u rhieni hwythau am fod mor gynnil-gyfoethog."

Ymddangosodd Angharad ac William, hi mewn het a chantel wastad lydan, ffasiynol, ac yn gweddu i farchog-wraig. Oddi tan yr het deuai ei chap les i lawr ei gên, yn cael ei glymu â snoden gwyn. Edrychai William yn sbriws, ei het tri onglog, crafat, a'i grychdorch gwyn am ei wddw, gwasgod lliwgar, clos penglin a chôt dri chwarter.

Gwawriodd bore tyngedfennol, yr un-ar-bymthegfed o Orffennaf, 1789, sef diwrnod penblwydd Angharad yn ugain oed yn hynod o braf. Am un-ar-ddeg y bore trefnwyd y briodas i gymryd lle yn Eglwys Sant Rhedyw. Roedd Gostegion y ddau oedd yn priodi wedi eu cyhoeddi ar dri Sul gwahanredol. Angharad yn Eglwys Sant Rhedyw ac William Prichard yn Eglwys Dolwyddelan.

I lawr y ffordd i'r funud daeth tri marchog, neb llai na'r Barwn Willoughby de Eresby a'i olynydd, pob modfedd ohonynt yn fonheddig, eu gwisg ac arfau bonedd arni a'i fantell lwyd-las yn gweddi i'r dim.

Yna, wrth ochr y Barwn roedd ei gyn-stiwart yn llawn asbri, ei gôt gynffon gwt a'i wasgod addurnedig yn siŵr o roi boddhad i'r briodferch.

Daeth Jams allan i dderbyn y Barwn de Eresby a'i olynydd gan foesymgrymu i'r ddau a diolch am eu presenoldeb, er parch a bri i'r cyn-stiwart. Yna, croesawodd ei fab-yng-nghyfraith i fod.

"A sut oedd Meistresi Lowri ac Eluned. Gresyn na fyddant yma?"

"Gwell oedd ganddynt gadw llygad ar gartref newydd Angharad, rwyn deall, ac William wrth gwrs."

Gwahoddodd Jams y Barwn i mewn i'r Gelli i gyfarfod ag Elin a chael cwpaned o'r te gorau, y te du a thri clap o siwgwr ynddo bid siŵr.

Roedd Angharad ar ben ei digon ar ôl cael cip ar ei hen gyfeillion, Huw a Rhys a oedd wedi mynnu dod o Gaergrawnt i gefnogi eu ffrind. Ar ôl lluniaeth ysgafn yn cynnwys gwin aeth William a'i briodwas gyntaf. Dechreuodd y seremoni.

"A fynni y ferch hon yn wraig briod i ti, a geri di hi, ei pharchu a'i chadw yn glaf ac yn iach?"

"Gwnaf" (yn gadarn).

"A fynni di y mab hwn yn ŵr priod i ti i fyw ynghyd yn ôl ordinhad Duw, ac ufuddhau iddo a'i wasanaethu, ei garu a'i barchu?"

"Gwnaf" (gan edrych yn annwyl arno).

Yna, yn ôl defod y Rheithor, Ffowc Prys, derbyniodd

Angharad o law ei thad ac yna rhoddodd y ddau y credo i'w gilydd.

Aeth y Barwn i boced ei wasgod i gyrchu'r fodrwy oedd i fod yno, palfalodd yn yr ochr chwith, ond dim lwc. Daeth sibrwd i glustiau'r Rheithor, "Dear God!" a meddyliodd y gŵr hwnnw fod y Barwn am roi ategiad i'r seremoni, ond na roedd y barwnig wedi canfod y fodrwy golledig yng nghornel dde y boced a daeth ochenaid o ryddhad o gyfeiriad sgweiar Gwydir. Rhoddwyd y fodrwy ar y Beibl i William i'w gosod ar bedwerydd bys llaw aswy Angharad.

Yna gostyngodd y ddau ar eu gliniau i adrodd Gweddi'r Arglwydd a'r Rheithor a weddïodd drostynt gan eu gwarantu: "Y rhai a gysylltodd Duw ynghyd na wahaned dyn, ac i gadw yn ddiogel yr adduned a'r amod a wnaed rhyngoch am yr hyn y mae rhoddiad a derbyniad y Fodrwy hon yn arwydd ac yn wystl."

Daeth Elin Angharad a Jams allan i ffarwelio â'r pâr priodasol. Nid oedd dagrau'r fam ymhell.

"Bob bendith arnoch eich dau."

Estynnodd ei mam becyn bach. "Dyma'r Beibl bach cyntaf i ti Angharad."

"Diolch yn fawr, fe'i trysoraf, bydd yn siŵr o fod yn ddefnyddiol. Oherwydd ei fod mor fach bydd lle cynnes iddo yn fy ffedog."

"Daw'r car-llusg a dy betheuach ar hyd y ffordd Rufeinig, cyn bo hir," meddai ei thad. Trodd at William Prichard.

"Nid canu'n iach ydwyf William, ond hawddamor. Edrychwn ymlaen i'ch gweld eich dau yn fuan. Gofalwch roi digon o ffrwyn i Angharad. Bydd Tomos a Malan o gymorth mawr i chi eich dau."

Ysgydwodd James law â'i fab-yng-nghyfraith a chodi ei het i Angharad. Roedd y morwynion a'r gweision wrth law i ffarwelio hefyd.

Ochr yn ochr ar eu ceffylau aeth y ddau o'r golwg dros y

copa ac yn fodlon bid siŵr fod y diwrnod mawr drosodd.

Trodd Angharad at ei gŵr: "Wel dyma ni, William, mae Nant Ifan Maredudd yn ôl un o'r Wyniaid, rhagflaenwyr y Barwn, yn Pennant Beinw bellach ac yn ein disgwyl. Rydym wedi rhwystro plant Alis, y Saeson, rhag cael talu eu hardreth, disgynyddion merch Hengist y bradwr."

"Diolch i dy dad. Angharad, byddwn yn hapus gyda'n gilydd yn yr hen Gwm." Trodd, "Cadw'r Wyddfa, brenhines Eryri, a dyma fy Mrenhines i."

"Balm i fy nghalon yw eich clywed yn prydyddu, William."

Cyn bo hir daethant i olwg Dolwyddelan a chroeso a llongyfarchiadau Modrybedd Elin a Luned. "Dim mis mêl na bwrw swildod i'r ddau hyn," meddai'r ddwy yma.

"Mynd yn ein blaenau i'n cartref ein hunain rydym ein dau yn dewis."

Yno, roedd y gweision a'r morwynion yn eu disgwyl, ac meddai William wrth Angharad:

> "Mi wyf yma fel y gweli
> Heb na chyfoeth na thlodi,
> Os meiddi gyda mi gyd-fydio
> Di gei ran o'r fuchedd honno."

"Na, William, cofiwch hyn, ar y cyd y byddwn yn byw. Fy ngŵr i ydych o hyn ymlaen, nid stiward y Barwn."

"Byddaf yma bob amser i roi cyfarwyddyd i ti Angharad. Daw Tomos i roi cymorth imi, y mae'n un i ddibynnu arno, fel y gwyddost ti yn iawn, Angharad."

"Neb gwell, daeth â mi allan o lawer ysgarmes erstalwm. Mae yn ennill pob ceiniog o'i rôt am edrych ar fy ôl. Felly hefyd Malan. Fe dwyllodd mam fwy nag unwaith er fy mwyn i ac ennill ei childwrn hithau."

HYDREF

Aeth blwyddyn yn ddwy a thair a mwy heibio, ac erbyn y flwyddyn gyntaf, ar 11eg o Dachwedd, gwyddai Angharad beth oedd gwewyr genedigaeth. Ganwyd merch iddi a rhoddwyd yr enw Gwen arni. Roedd William ar ben ei ddigon. "Mae hynny yn selio ein cyfeillgarwch a'm cariad diffuant tuag atat ti Angharad.

> Ni bu, nid oes deulu'r ôd
> Ni ddichon fod yng Nghymru
> Fab a garodd ferch yn fwy
> Nag yr wyf i'n dy garu."

"Rydych wrth eich bodd yn prydyddu, William, a chawn lawer o hwyl gyda'n gilydd. Diolch yn fawr i chi. Onid ydyw'r un fach yn bert?"

Erbyn hyn roedd Angharad wedi ennill ei phlwyf, nid yn unig fel ffermwraig ond fel un yn hyddysg yn y gyfraith.

O'r diwrnod cyntaf rhoddodd ei nod ar y gwasan-aethyddion a gwyddent i'r eithaf pwy oedd ei meistr tir.

Bob nos cyn swpera, a phawb o gwmpas y ford, gofalai fod gŵyl a gwaith i gadw dyletswydd. Weithiau, adroddai ei phader o'i gwneuthuriad ei hun, Gweddi'r Arglwydd, neu lw Ffransis o Assisi.

Ar ôl y pryd bwyd galwai arnynt.

"Rwan, dowch i droedio fechgyn a merched, bydd yn llesâd

mawr i chwi gael ymlacio ar ôl gwaith y dydd."

Wiw i neb wrthod y feistres benderfynol.

"Mae hyn gystal â noson yn yr Hafod, yn ôl Robin y Gyrrwr."

"Oes siawns i chi ymuno, William?" meddai ei wraig ac yn gwybod yn iawn beth fyddai'r ymateb.

"Na gwell gennyf gael amser i brydyddu fel y gwyddoch. Rwyf yn cael pleser mawr heno yn darllen Almanac Thomas Jones. Dyma chi ddyn, teiliwr yn wir, mae yn dipyn o fardd a llenor a gramadegwr yn hybu'r anllythrennog i ddysgu'r wyddor. Gresyn fod ei bris yn codi o ddwy geiniog i ddwy geiniog a dimai oherwydd prinder y papur a ddefnyddid a ddeuai o Ffrainc, a'r rhyfel yno i'w feio."

"Mae'n dda gennyf eich bod yn cael pleser wrth ei ddarllen, William." "Bydd o fudd i ni'r ffermwyr gael ansawdd y tywydd adeg y cynhaeaf. Diolch i Ffair Llanrwst am ei werthu a hysbysebu."

"Wrth sôn am Ffair Llanrwst beth am i chwi fynd draw i chi gael syniad o brisiau'r da byw."

"Gyda llaw, Angharad, â chwithau yn agosáu at eich beichiogrwydd rhaid i chwi roi taw ar yr anterliwitiau yn gyfan gwbl. Nid oherwydd eich cyflwr, ond maent yn anghyfreithlon yn y cartrefi, gan nad oes ganddynt ganiatâd cyfreithiol yno."

"Fe wnaf fel yr awgrymwch, William."

Cyrhaeddodd William Prichard y Cwm o'r Ffair cyn iddi nosi a sylweddolodd mor ffodus yr oedd wrth syllu ar Angharad ar garreg y drws yn ei ddisgwyl a Gwen yn ei chôl.

"Croeso'n ôl William, mae Gwen ar bigau'r drain ers amser a Modlan y ddoli glwt bron â cholli ei braich wrth ei chwifio."

Rhoddodd y gaseg yng ngofal Tomos, a mynwesodd y ddwy, ac meddai wrth Angharad:

"Nid wyf fawr o fydryddwr ond wir mae

Dy bryd a'th wisg yn ddisglair
Dy lun Angharad fel delw wenfair,
Rhoddwyd iti liw rhediad ton
O degwch fwy na digon."

"Diolch i chi am y geiriau mwyn yna, William, ond wir yn fy stad bresennol nid wyt yn eu haeddu."

"Angharad, Angharad, paid â dweud y fath beth. Rwyt yn deg bob amser. Sut y treulioch chi'ch tair yr amser heddiw?"

"Diogi, coeliwch fi. Fe siarsiodd Malan nad oeddwn i farchogaeth a chwithau oddi cartref, ac aethom ein tair i fyny'r bryn am awyr iach. Roedd Gwen wedi dotio ar yr adar bach yn hedfan o gwmpas, a daeth i'm cof yr hen rigwm:

Diofal yw'r aderyn
Ni hau, ni fed un gronyn
Heb un gofal yn y byd
Ond canu ar hyd y flwyddyn, Twit, Twit.

Eistedda ar y gangen
Gan edrych ar ei aden
Heb un geiniog yn ei god
Yn lliwio a bod yn llawen. Twit, Twit.

Fe fwyty'i swper heno
Ni ŵyr ym mhle mae'i ginio
Dyna'r modd y mae o'n byw
A gad i Dduw i arlwyo. Twit, Twit.

a'r un fach wrth ei bodd."

"Roeddwn i yn pryderu yn fawr yn dy gylch, a diolch i synnwyr Malan."

"Pwy welsoch chi yn y ffair, a sut oedd y prisiau?"

"Cefais sgwrs gydag ambell un o'r porthmyn, a'r tywydd weithiau o'i blaid, ni fu'r siwrne o Fôn ar draws y Fenai i Fangor a Chaernarfon mor drafferthus y tro yma, ond naw wfft i'w gyfoedion y porthmyn moch a gwyddau. Y moch yn mynd i fan a fynnent weithiau, a'r gwyddau yn clegar wrth gael eu pedoli mewn cybolfa o lwch lli a thywod, a thar."

"Weithiau byddai'n ofynnol pedoli'r gwartheg am yn ail, oherwydd cyflwr y ffyrdd a hynny am ddeg ceiniog y pen":

Y Gelli

Annwyl Marged a Gwen,

Llawer o ddiolch am eich llythyr ddaeth yn brydlon gyda chyfaill.

Rydym yn dra bodlon eich bod yn setlo i lawr mor dda. Does neb fel eich mam am daro'r hoelen, fel dywed 'rhen bobl.

Byddaf draw ymhob un o'r ffeiriau, gellwch fod yn siŵr, a'ch mam yn brysur yn y farchnad ar y Sadwrn yn gwerthu gweddillion yr ymenyn, bydd galw mawr am fenyn y Gelli bob amser.

Mae gennyf newyddion da o lawenydd mawr i chwi rwy'n siŵr. Gan obeithio eich bod yn barod gydag addysg gwerthfawr Meistr Brown.

Eich annwyl dad.

Annwyl Gwen a Marged,

Y newyddion da ydyw, sef fy mod tua diwedd mis Mai rwyf yn disgwyl brawd neu chwaer i chwi. Byddwch yn ddigon hen erbyn hynny i edrych ar ei ôl, a bydd Elin Siôn, y bydwraig, yn ofalus ohonof unwaith eto. Gobeithio na fydd y newydd yma yn effeithio ar eich gwersi.

Cofion annwyl,
Eich mam.

Ar ddiwrnod hirfelyn tesog ar y trydydd o Fai 1713 fe anwyd mab i Angharad a William, a mawr oedd y llawenydd yn Penamnen.

Galwyd ef yn Dafydd ar ôl ei hen daid, a'r gorfoledd tu hwnt.

Fe'i bendithiwyd un bore Sul yn Eglwys Sant Rhedyw â llw'r Bedydd (neu Bid-Duw), sef llw o ffyddlondeb i Gristnogaeth.

Rocdd Dafydd yn eilun prydferth i Angharad er nad oedd hi'n hapus yn ei gyflwr gwanllyd o'r dechrau.

Mwy na hynny, roedd y flwyddyn 1713 yn un o ddau fyd. Bu farw ei thad annwyl, caredig a rhodresgar oherwydd anhwylder ar ei frest ac, fel y cofiai Angharad, roedd ei mam, Elin Angharad, yn llygad ei lle wedi dweud digon wrtho am beidio â sefyllian yn y ffeiriau cymaint.

Roedd angau ochr yn ochr, doedd bywyd ddim ond megis chwa o wynt.

Teimlai Angharad mai deilen werdd oedd y ddau mewn byd hen ac ir.

Bu yn mynd a dod at y meddyg i geisio unrhyw beth i'w atgyfnerthu.

Irai ei frest â saim gŵydd a hosan wlanen am ei wddw ac meddai'r llencyn, "Mi fydd gennyf blu'r gŵydd yn tyfu ar fy mrest os bydd llawer mwy o'r iro 'na." Hwyrach mai plu'r hen geiliog fydd o!

Un diwrnod, rhoddodd y meddyg y ddedfryd fod y Cwm yn anaddas i fachgen ifanc oedd â'i fryd ar fynd i Goleg Clynnog.

Yn niwl y drin gwyddai Angharad beth oedd gwan obeithio, a gofynnodd ai'r Cwm a'i Dafydd oedd yn y fantol?

Ceisiodd wellhad o hen Ffynnon Elen oedd mewn bri a chlod mawr am ei rhinweddau i gryfhau'r gweiniaid, ond ofer fu'r cwbl.

Er wylo, er cwyno, ni welai ei rhosyn mwyach. Aeth o fyd nychlyd ei nerth.

"A welodd fy nhad y porthmyn tra ar seibiant ym Mhorthladd Caernarfon ar ei ffordd i Fangor, yna ar hyd Nant Ffrancon i Gapel Curig ac i Lanrwst a Ffair Barnet a Llundain o'r diwedd?"

"Welson nhw o fy nhad tra yng Nghaernarfon?"

"Wel do, a dyma lythyr i ti. Mae mewn iechyd rhagorol, y ddau yn cael sgwrs hyfryd dros gwpaned o de yn Nhafarn Twll yn y Wal, ger Stryd y Castell."

Agorodd Angharad y sêl heb golli amser.

Annwyl Angharad,

Gobeithio fod popeth yn foddhaol yn y Cwm ac nad wyt yn gorweithio gan fod dy thymp yn agosáu, a dy fam a minnau yn poeni ac yn hiraethu amdanat. Mae William a Malan yn siŵr o edrych ar dy ôl a phwy well na Elin Siôn, Yr Hafod, y fydwraig i ofalu amdanat pan ddaw'r amser.

Bydd Gwen fach, sydd bellach yn dair oed onide, erbyn hyn yn falch o gael cydymaith.

Bendith arnat a dyma air o gysur o'r Salmau: 'Wele plant, ydynt etifeddiaeth yr Arglwydd: ei wobr ef yw ffrwyth y groth. Fel y mae saethau yn llaw y cadarn: felly mae plant ieuenctid. Gwyn ei fyd y gŵr a lanwodd ei gawell saethau â hwynt: nis gwaradwyddir hwy . . .'

Ymuna dy fam a minnau yn y geiriau uchod.

Llawer o gariad,
Dy annwyl rieni.

Methodd Angharad ag atal deigryn yn ddistaw bach, a wiw i William ddarganfod fod hiraeth arni amdanynt hwy os nad am Nantlle.

Daeth llais ei gŵr:

"Roedd yn holi am y prisiau: Cwyno yn arw roedd y ffermwyr, y prisiau yn gostwng yn aruthrol a dim siawns iddynt wella cyn y gaeaf. I feddwl mai dim ond chwe swllt yr un oedd yr ŵyn, a'r buchod cyflo yn ddeunaw swllt. Mae'r wlad yn mynd â'i phen iddi, onibai am y porthmyn, hwy yw colofnau ein gwlad."

"Wrth reswm, Duw fyddo gyda hwy, maent fel llongau aur, ynte."

"Gyda chadw pen rheswm â hwn a'r llall deallais fod rhai fel y Barwn Willoughby de Eresby, oherwydd effaith y gwrthryfel, wedi anfon deiseb i'r Brenin i atal ei filwyr a lladron penffordd rhag rhwystro y porthmyn ar cu taith, ac fe roddwyd trwydded i ganiatáu porthmyn Cymru a'u gyrroedd fynd drwy'r wlad yn ddiogel."

"Diolch am hynny."

Yn y cyfwng o fagu dwy ferch gyda chymorth Malan roedd Angharad William yn cael ei galw yma ac acw fel cyfreithwraig ddeallus a medrus. Gwnâi yn sicr fod y tyddynwyr oedd yn dibynnu ar ychydig o fywoliaeth, yn cael chwarae teg gan y tirfeddianwyr a feddiannai eu tir pori a chomin a chytir er ymestyn eu tiroedd eu hunain. Oherwydd y cymeriad oedd iddi am ei dysgeidiaeth a'i hymgydnabyddiaeth â chyfreithiau y Deyrnas codai arswyd ymhlith pobl y wlad.

Roedd y tlawd o dan ordd y gyfraith, a dim arian i gyfreithwr distadl ddal ei dir mewn llys barn yn erbyn cyfraith chwim a barnwyr gormesol.

Roedd gan Angharad wybodaeth drylwyr o'r iaith Ladin a'r gallu ganddi i gyfieithu deddfau a oedd tu hwnt i'r rhelyw o'r trigolion pell ac agos.

Un diwrnod daeth William yn ôl o Ffair Llanrwst mewn ffrwst mawr, ac meddai Angharad:

"Beth sydd yn eich poeni William?"

"Beth sydd yn wir! Rhaid i ti fel cyfreithwraig wneud rhywbeth yn ei gylch."

"Buasai yn llawer haws i mi wneud rhywbeth ond i ti egluro i mi."

"Clywais ar ddamwain fod un os nad dau o fyddigion cwmwd Uwch Aled, sef Ieuan ap Llywelyn a Thomas ap Robert, wedi dwyn darn o gytir ymhen pellaf y Cwm oddi ar

Owain ap Iwan ab Howel er budd iddo ef ei hun i ehangu ei stad gan roi'r bai ar y Goron wrth gwrs."

Roedd Angharad yn ffyrnig.

Aeth William yn ei flaen:

"Nid hynny yn unig, ond tir pori defaid Robart ap Dafydd ap Meredydd, Bryn Rhydd, a thir Comin Ianto ap Huw ap Shôn, Pant yr Ŵyn. Maent yn dibynnu arnynt am eu bywiolaeth. Duw a ŵyr sawl cyfair arall maent wedi eu meddiannu."

"Faint mwy o'u hanes glywsoch chi?"

"Dyna 'rhen Leusa Shôn, hithau yn dibynnu ar Barc y Plwy i gadw ei gwyddau a lloches i Nedi y Mul bach, ond na, rhaid i'r gŵr mawr gael sychu'r llyn, ac felly ychwanegu at ei dir ei hun fel cynllwyngi."

"Fe ddof ar eu gwarthaf, na ofidiwch, William."

Yn ôl ei gair yn y Sesiwn Chwarter nesaf yng Nghaernarfon, ar ôl trafod aeth ag ymgynghori â'r tri diffynnydd. Cychwynasant ar eu meirch am dref Caernarfon.

Roedd yn fwrlwm gwyllt yno a chawsant y cyfrwywr, gŵr oedd yn gyfarwydd â William, i edrych ar ôl y meirch a oedd yn eiddo i William a hithau.

Yn Llys y Sesiwn Fawr roedd y swyddogion yn blith drafflith ar draws ei gilydd, y beili, y seryddion a'r bargyfreithwyr, a Duw gynorthwya'r neb a ddeuai rhwng dannedd cŵn y gyfraith. Meddai Angharad:

"Cadwant eu cŵn a chyfarth eu hunain. A dacw'r Ustus Lichfield, golwg flin arno ar ôl ei siwrna o Lundain, yn apelio am gwtogi'r achau hirion gan na allai ef na'r Saeson seinio'r 'ch' na'r 'll', a dim cyfenwau gan y Cymry."

"Rwyt yn gwybod cymaint, Angharad."

Gwnaed iawn am y diffyg oherwydd nid oedd gan y Cymry gyfenwau. Dim ond hap a damwain lle ni cheid hynny, a rhoddwyd enwau fel y cydnabuwyd yn llys y brenin a rhai llysenwau. Dull cyfreithiol a gymerwyd i gadarnhau yr enwau hyn oedd eu rhoi yn ysgrifenedig ar bapur i glarcod y Sesiynau, a cheiniog gyda hwy ynghyd ag enw'r trigfan. Yna dodir yr enw ar gofrestr y llys. O hynny ymlaen adweinid y person a'i wehelyth dros byth wrth y cyfenw hwnnw."

"Rwyf yn dysgu llawer oddi wrthyt yn wir."

"Morys Wyn, Gwydir, oedd y cyntaf i arddel y ffasiwn yn ôl hanes. Heddiw dyma i chi Huw Conwy, William Llŷn, Hywel Coetmor ac Angharad James. Pam lai? Dim rhyfedd fy mod â fy mhen mewn llyfrau, fel chwithau, William, ond bod gennyf lyfrau a chyfreithiau Lladin, diolch i'm athro, Ffowc Prys, a thair blynedd a hanner yn Nulyn yng Ngholeg y Gyfraith.

Wedi i'r diwrnod mawr gyrraedd, aeth y criw bach i mewn i'r Llys. Yno roedd y rheithgor a'r penrheithiwr yn eistedd fel delwau. Yn sydyn, safodd pawb ar eu traed fel teyrnged i'r Ustus, pawb ond y criw bach Angharad a William. Llusgodd y tri diffynnydd yn eu hanwybodaeth eu traed cyn hanner codi. Roedd yn amlwg fod Angharad wedi rhoi pwniad i Iwan a'r ddau arall yn dilyn. Eisteddodd pawb.

Aeth trafodaethau ymlaen ynghylch gwahanol droseddau a dedfrydwyd hwn a'r llall i wahanol gosbau, dirwy neu gerydd.

Yna galwodd clerc y Llys am ddiffynydd y rhai oedd yn erbyn y tirfeddianwyr hynny a oedd yn honni perchenogaeth ar dir trwy dwyll.

Cododd Angharad, y ferch dal a gosgeiddig, ar ei thraed ac eisteddodd gweddill y Llys mewn braw. Merch i bob ymddangosiad yn eu herio! A'r penrheithiwr, rheithgor a hyd yn oed yr Ustus yn sibrwd y naill wrth y llall. Roeddynt fel dail crin yn yr Hydref yn cael eu chwythu gan y gwynt. Cododd Clerc y Llys ar ei draed:

"Ferch ifanc, a phwy hawl sydd gennych chi i amddiffyn neb? A phwy yw'r hen ŵr wrth eich hochr. Pam y chwi yn hytrach nag ef fel amddiffynnydd?"

Roedd hynny'n ddigon i godi pob blewyn ar ei phen.

"Eich Gras, fy ngŵr yw hwn, ffarmwr gonest a hawddgar."

"Disgwyl yr ydym am un o'r iawn ryw i roi tystiolaeth ar ran y tyddynwyr."

Taflodd Angharad ei phen yn ôl gan ddal ei thir.

"Fi, Angharad Jams Prichard yw y diffynnydd. Rwyf yma i amddiffyn y tyddynwyr bach sy'n prysur fynd o dan eich traed chwi a'ch tebyg. Os ydych wedi cael Deddfau Uno nid ydynt yn cyfiawnhau i chwi'r byddigion ddwyn tiroedd oddi ar y tlawd i ehangu eich stadau. Rwyf am iddynt gael eu hiawnderau."

"Rwyf am i chwi wybod fy mod yn gyfreithwraig brofiadol. Cefais fy meithrin o dan athro dysgedig a oedd yn hyddysg mewn amryw o ieithoedd, ac yn ogystal ar ôl hynny treulio rhai blynyddoedd yng Ngholeg y Gyfraith yn Nulyn, y Coleg gorau yn y deyrnas." Roedd y rheithgor a'r Ustus i'w gweld yn tynnu atynt ac yn gwangalonni.

"Ewch ymlaen, Meistres Angharad Jams," gan anwybyddu William. Roedd hynny yn ddigon i'w chynddeiriogi ymhellach.

"Eich Gras, os na fydd cyfiawnder yma yn Llys y Sesiwn Fawr yng Nghaernarfon af â'r apêl o flaen Llys y Goron yn Llundain a hynny yn Lladin os dymunir." Roedd y mawr a'r bach yn fud:

"A chofiwch gall y genhedlaeth hon gael ei gwanychu'n fynych gan eich gallu chwi ac eraill, ond trachefn a thrachefn hi a ymgyfyd yn fuddugoliaethus. Byth ni ddistrywir hi gan ddigofaint dyn."

Ar ôl dwys ystyriaeth taflwyd yr achos allan gyda rhybudd i'r troseddwyr.

Aeth y tri tyddynnwr a'u dau gymwynaswr allan o'r Llys yn llawen a buddugoliaethus. Rhaid fyddai galw ar y ffordd â Leusa Shôn i ddweud y newydd da wrthi. Roedd yr hen wraig yn rhy fusgrell i fentro cyn belled â Chaernarfon, a hynny ar gefn un o feirch gwisgi y Cwm. Ond cyn troi am adref rhaid fyddai galw yn y tŷ bwyta ger y Castell am ddiod o faidd a brechdanau o fara ceirch tenau a digon o fenyn o'r fuddai arnynt. Pwrcasodd William gosyn bach o gaws a rhoddodd yn ei boced, anrheg i'r hen wraig dlawd, Leusa Shôn.

Un noson, a'r ddau yn eistedd wrth y tân yn y parlwr bach, y canwyllbrennau pres wedi eu goleuo, bu i Angharad alw i'w chof y peth yma a'r peth arall, ac meddai wrth William:

"Wyddoch chi William, rydym yn hynod o ffodus fod Tomos gennym i gymryd eich lle chi tra byddwch oddi cartref mewn ffair neu sioe."

Roedd William yn tynnu mwg o'i getyn coes-hir, gan roi pwn rwan ac yn y man â'i fys i dybaco Gwallter Ralé o barchus goffadwriaeth.

"Ffodus iawn, Angharad."

"A dyna Sinfi. Ydach chi'n cofio'r ffwdan? Nid oedd Tomos yn awyddus i ddod yma hyd nes y câi Sinfi yn wraig, a'i rhieni, Maria a Meredith Lovell, yn erbyn iddi briodi gajo, chwedl y ddau Romani. Roedd rhieni Tomos yn daer am iddynt briodi yn yr Eglwys?"

"Cofio, ydwyf yn iawn, nid oeddwn i am ollwng gafael yn Tomos, is-stiward rhagorol."

"Bu cyfaddawdu o'r diwedd â phriodas ysgub o frigau'r derw a minnau fel hynafgwr yn dyst fod y ddau wedi llamu dros yr ysgub oedd â'i phen ar y rhiniog a phen y goes ar ffram y drws, heb gyffwrdd y sgubell."

"Ond i ryngu bodd Siân a Thomas Jones, rhieni Tomos, bu raid cael priodas ddirgel yn Eglwys y Plwyf a hynny gyda'r wawr.

"Rwyt tithau, Angharad, yn ffodus yn Sinfi."

"Gwir a ddywedwch, William, mae yn wraig ragorol a ffrind imi. Ei glanweithdra yn ddihareb. Mae yn garcus, hi ofala am gadw'r arian sbâr yn y gist fach. Rwyt ti a Malan yn ffrindiau mawr."

"Gyda llaw, mae'r ffaith fod yr hen goeden gelyn acw – Coeden Duw fel y gelwir hi gan Sinfi – a rhinwedd arbennig yn perthyn iddi ac yn sanctaidd yn ei golwg."

"Tebyg i Goeden Siarl a Choedan Iacob erstalwm wrth bob tŷ i ddangos cefnogaeth i'r Albanwyr oedd ar ffurf pysgodyn ar furiau rhai o'r tai yn y Dwyrain Pell i ddynodi eu cefnogaeth i Grist. Daeth ag atgofion am Shaun a'u trafodaeth yn ôl iddi.

Cododd Angharad yn sydyn ac aeth yn syth i roi proc i'r tân mawn, a chlo unwaith yn rhagor ar a fu.

"Byddaf wedi codi cyn cŵn Caer yfory."

"A wyddoch chi o ble daeth y dywediad yna, William?"

"Na, ond hoffwn wybod. Oes yna unrhyw beth na wyddoch chi, fy anwylyd?"

"Roedd yn rheidrwydd cael halen i halltu'r cig at y gaeaf a'r lle hwylusaf oedd gwelyau halen sir Gaer. Mor brin oedd halen rhaid oedd mentro liw nos a chroesi afon Dyfrdwy a hynny pan oedd y cŵn yn cysgu. Diddorol hefyd oedd y ffaith mai talu cyflogau i'r gwerinwyr â thalpiau o halen y byddai'r Rhufeiniaid a'r ymadrodd 'gwerth ei halen' wedi goroesi y blynyddoedd."

Yna, yn gellweirus, meddai Angharad wrth William.

"Ffwrdd â chwi cyn codi cŵn Caer, os ydych werth eich halen," a chwarddodd y ddau. Byddwch yn ofalus, mae rhai o'r ffyrdd a'r llwybrau yn beryglus, yn enwedig ar ôl y glaw a chwithau yn hoff o roi ei phen yn rhydd i Ronwen."

"Nac ofnwch, nghariad i, mae gennyf berffaith ffydd yn yr hen gaseg."

Aeth Angharad yn ôl i'r tŷ. Yno roedd Malan yn maldodi Gwen fach.

"Diolch i ti Malan. Rwyf yn sylweddoli fwy a mwy mor ffortunus wyf. Cael dy gwmni a gwybod fod y fechan yn nwylo rhywun dibynadwy fel ti. Pan ddaw hiraeth am a fu arnat rwyt yma i fy atgoffa am y dyddiau dedwydd."

"Mor ddihîd oeddem, ond yn cael llawer o hwyl. Gobeithio nad ydych am fynd i farchogaeth y pnawn yma, a'r meistr oddi cartref. Beth am inni fynd i fyny o'r Cwm yma i'r bryn draw, mae yr awyr yn denau a chlir."

Cododd Malan Gwen fach a oedd yn codi'n dair blwydd oed, erbyn hyn, o'r crud derw a wnaeth Huw Lewys, y saer tra'n chwysu a thagu gyda'i gyllell a'i gŷn. Câi fynd i'r gwely bach yn y man pan ddeuai chwaer neu frawd bach.

"Rwyt yn iawn Malan, pam lai, a hithau yn brynhawn braf, teg felyn tesog, cawn weld y pell yn agos a llawer golygiad hyfryd tros Fôr Iwerddon."

Trodd Malan at Angharad, "Fydd gennych chi hiraeth am yr Ynys Werdd, Meistres?"

"Hiraeth, Malan? Dwed i mi o ba beth y gwnaethpwyd hiraeth a pha ddefnydd a roed ynddo nas darfyddodd o gilfach ddyfnaf fy nghalon?"

Gwyrodd Malan ei phen, edrychodd ar Gwen a thynnodd y siôl oedd wedi ei lliwio'n goch ac o wlân y ddafad benllwyd yn dynnach am yr un fach; ac meddai ei Meistres:

> "Rhaid i haul y bore godi
> Rhaid i wellt y ddaear dyfu
> Rhaid i ddwfn yr afon redeg
> A rhaid i bawb groesawu ei dynged."

"Wyt ti'n cydweld, Malan?"

"Ydwyf, Meistres."

Aeth hynny heibio a chlo arall ar a fu.

"Rhaid inni styrio, Malan, neu mi fydd y Meistr yn ôl o Ffair Llanrwst, a Duw a ŵyr sut bydd yn teimlo, ond byddaf yn gwybod ar ei wyneb fel yr aeth prisiau y da byw heddiw.

Dos i gyrchu'r merched godro. Mae yn ddiwrnod hyfryd draw yn Aberleinws."

"Af i nôl y delyn fach – a minnau mor agos at fy nhymp ni allaf gludo'r un fawr."

"Mae'r cynogau godro yn barod, Meistres, bydd digon o laeth i Beti Wyn i gorddi a thrin yr ymenyn yfory fel arfer."

"Dowch ferched, troediwch hi ar ôl eistedd gyhyd ar y

stoliau tri-throed ac yna gario'r stennau llaeth. O bosibl, yn ôl arwyddion y tywydd, y bydd hi'n glawio yfory, a'r llaeth-forwyn yn styrio yn syth o ofn ei meistres ffraeth, tra y byddai Angharad yn tiwnio tannau y delyn fach."

Edrychai'r morwynion a phawb yn y fro arni yn wraig nodedig o foesol a thra chrefyddol a chyda gradd o arswyd yr holl wlad oddi amgylch arni am ei dysgeidiaeth a'i hymgydnabyddiaeth â chyfreithiau y deyrnas. Roedd gwroldeb ei hysbryd yn profi hynny i'r tlawd yn enwedig.

Er yn wraig mor nodedig dyheu a fyddai am gael mynd ar gefn ei march i ganol y wlad hyfryd gyda William wrth ei hochr ar ei farch Fflam.

Nid oedd hwyl dda ar William i'w weld, ond pan roddodd Angharad y newydd iddo am ei chyflwr, chwarddodd yn braf.

"Bydd gennym nythaid cyn bo hir fy nghariad."

Newidiodd Angharad y sgwrs: "sut oedd y prisiau, William?"

"Dwy ebol yn bymtheg punt yr un a dwy fuwch hesb yn goron yr un, gwarthus, a dweud y gwir,"

"Wyddoch chi, William fel dywed rhai:

Fe ranwyd treth eleni
Erioed ni ordeiniodd Duw.
Treth am gladdu'r meirw a thrist yw marw am hawl i fyw
Treth am eni'r byw
Treth am ddŵr yr afon a
Threth am olau'r dydd a mwy na'r oll treth am fod yn fyw.
Ydach chi ddim yn cydweld â mi, William?"

"Gwir a ddywedwch, Angharad. Heblaw'r dau swllt am bob aelwyd."

Am y tro cyntaf, sylweddolodd Angharad fod William yn heneiddio.

Â Gwen yn ddeg oed a Marged yn chwech, sylweddolodd Angharad hefyd fod yn rhaid penderfynu ar addysg y genethod, a dim ond y gorau iddynt.

Galwodd ar William, a oedd ynghanol degymu ei ddefaid ei hun oddi wrth y rhai cadw, ond rhaid oedd gwrando arni hi o bawb.

"Ylwch William, mae yn rhaid inni feddwl rwan am addysg y merched."

"Iawn, y chi sydd yn gwybod orau. Mae Ysgol Rad Llanrwst wedi cau ers amser, a gwyddoch fel y canodd yr hen fardd pan ymwelodd â'r safle ychydig amser yn ôl:

> Mae sŵn y gloch yn ddistaw
> Heb dorf yn dod o'r dref,
> A bolltau'th ddorau cedyrn
> Yn rhydu yn eu lle;
> Ystlum a'i mud ehediad
> Sy'n gwau ei hwyrdrwm hynt
> Lle pyncid cerddi Homer
> A Virgil geinder gynt."

"Dyna i chi golled. I feddwl fod y plant yn dysgu am y bardd Groeg Homer, a Virgil y Rhufeiniwr a'i gerddi ar amaethyddiaeth a sut i fagu da byw a oedd o fudd i rai fel chwithau, William. Hawdd i Gapel Gwydir fod mor hardd ar draul y Wyniaid ac Inigo Jones neu Ynyr. Gwerthodd Hywel Coetmor ei etifeddiaeth i'r Wyniaid. Mae ar lethr prydferth ar lan Afon Conwy. Gwaddol oedd hi gan y Wyniaid, ond oherwydd anghydweld yn nheulu Gwydir bu raid ei chau.

Mae yna ddigon o ysgolion preifat i'w cael, William."

"Ond ymhle, nghariad i?"

"Yng Nghaernarfon. Yn Amwythig. Yno fe ddysgir Lladin yn unig mewn rhai dosbarthiadau a rhaid arfer hynny oddi allan hefyd."

"Beth feddyliwch chi, Angharad?"

"Nid wyf yn gwybod yn wir, ond ar ôl yr holl addysg a

gefais, priodi a wnes i, ynte." Daeth rhyw dawch dros ei wynepryd.

"Beth am un o ysgolion Caernarfon?"

"Wedi meddwl, buasai Caernarfon yn gweddu i ni i'r dim. Buasai Tomos wrth law i'w hebrwng y bore ac yn ôl y pnawn hyd nes iddynt ddod i arfer â naws y lle."

"Ac wedyn?"

"Ysgol breswyl ydyw ar y cyfan, a chawn weld wedyn."

Y Gelli

F'annwyl Gwen a Marged,

Diolch am y llythyr ddaeth i law drwy y porthmon lleol sy'n ei osod weithiau yn ffenestr y siopwr lleol. Rwy'n siŵr eich bod yn edrych yn bert yn eich gwisg ysgol swyddogol.

Mae pawb yma yn cofio atoch.

Nid yw eich tad yn dda iawn ei iechyd y dyddiau yma, y gwynegon gan fwyaf ac yntau allan ar bob tywydd, ffair neu farchnad.

Diolch nad yw y pla du wedi cyrraedd, mae hwnnw wedi dinistrio economi y wlad, ond eto fe ddaw gobaith.

Byddwch chwithau eich dwy yn ofalus.

Mae gwaith ffarm wedi gwella o ran ei ansawdd yn ddirfawr, daeth aradr yn lle car-llusg. Fel arfer erstalwm gwaith crefftwr lleol fyddai torri i lawr goeden onnen a hynny am rhyw ddeuswllt yr un am ei lafur caled.

Gofalwch am eich iechyd. Diolch i Meistres Brown yn yr ysgol fe fyddwch mewn dwylo da rwy'n siŵr.

Mae eich ysgol mewn safle hyfryd, rhwng yr hen gaer Rufeinig a Stryd Llyn ac afon Cadnant yn rhedeg o dano. Yna'r castell yn y gwaelod ar lan afon Seiont. Rhyfedd ynte bod yna dair stryd – Stryd Segontiwm, Stryd y Llyn a Stryd y Castell. Ar lain o dir petryal yr adeiladwyd yr ysgol, un ochr i'r merched a'r llall i'r bechgyn.

Bydd y dorau mawr derw yn cael eu cau gan y porthor

am naw o'r gloch i'r gwasanaethyddion a phawb. Nid wiw i'r bechgyn fod allan prun bynnag.

Cofiaf pan yn eich cofrestru mai dyna oedd un o'r rheolau.

Ein cofion gorau atoch eich dwy,
Eich Rhieni.

Arianrhod
Ffordd Segontiwm

F'annwyl Mam, Dad,

Dyma fi yn cymryd y cyfle ar ran Marged a minnau i anfon gair gan obeithio eich bod mewn iechyd fel ninnau. Rydym yn setlo i lawr yn dda.

Cydrhwng hanner dwsin o ddisgyblion dyddiol, mae tua hanner cant ohonom, yn ferched a bechgyn.

Bydd Meistres Brown yn ein argymell bob nos Wener i ysgrifennu pwt o lythyr atoch a ninnau â siawns i gael eich gweld gan fod marchnad brysur i lawr ar y Cei bob dydd Sadwrn. Y porthladd prysuraf yn y wlad. Bydd, fel y gwyddoch chi, yn llawn o arlwyon, megis cig, ymenyn, pysgod a bwydlysiau.

Bellach ymlaen bydd y ffeiriau yn cael eu cynnal ym misoedd Mai, Awst, Medi a Rhagfyr. Yno bydd y gwartheg, ychen ac ambell i geffyl.

Wrth ymdeithio i lawr heibio i'r castell byddwn yn tynnu sylw'r trigolion yn ein gwisg swyddogol. Y gwisgoedd coch cwmpasog a llinell ddu i lawr, ac un llai dros yr un cwmpasog, y bodis yn dynn a'r llewys yn fyrion. Dros yr ysgwydd mae siôl o wlanen main a sidan gwyn. Ar ein pen mae capan gwyn cambric o dan het befer neu afanc ddu uchel. Gwisgwn hosanau gwyn neu ddu wedi eu gwau gartref (gan Malan af ar fy llw). I wynebu gwynt Tachwedd a'i debyg bydd gennym siôl anferth hyd at ein sodlau a chwfl arni.

Byddwn yn llygadu pawb a phopeth gan obeithio eich gweld chwi neu un o'r porthmyn i ddwyn y llythyr i'r Gelli. Gan fawr obeithio.

Eich annwyl ferched,
Marged a Gwen William

Ôl-nodiad:
Maddeuwch i mi ond rhaid egluro gwisg y bechgyn hefyd – Llodrau tywyll fel y wasg, a choler wen a chap fel un milwr a phluen ynddi, a thorch llewys-llydan wedi eu startsio. Gwelais Huw Cynwal yn sgwennu atebion ar y llewys llydan startlyd gwyn, ond merch y Gelli a fu yn llwyddiannus, a siawns i mi gael mynediad i Goleg Caerwynt fel bechgyn y Rheithordy, neu hwyrach i Ddulyn fel bechgyn Drws-y-coed Uchaf.

Nid yw Marged yn cael llawer o hwyl ar yr arholiadau. Cofion,

Eich merched,
Gwen a Marged

GAEAF

Roedd dyrnod arall i ddod i Angharad. Ym mis Mawrth bu farw ei ffyddlon William yn bedwar ugain oed a'r bronceitus fu'n drech arno yntau hefyd.

Gadawyd Angharad ei hun ar wahân i Gwen oedd yng Ngholeg Caergrawnt, ac am ei gwaith rhagorol cafodd fynediad yn rhad. Arhosodd Marged adra yn y Gelli i gynorthwyo ei nain, a Chatrin, bach y nyth, ond yn ddwy oed pan fu farw ei thad.

Gorfodwyd hi i ddal holl Penamnen ei hun am y bunt o ardreth, er iddi benderfynu unwaith na allai gasglu y bunt erbyn y taliad.

Yna, â hithau ar ei ffordd i Wydir, wrth edrych yn ôl ar y Cwm, meddai wrth ei hun, "Mi a dreiaf eto gasglu'r un buntan am dy lechweddau gleision, ac felly y bu'r tro yma."

Roedd Gwen yn mwynhau ei hun yng Ngholeg Caergrawnt gyda neiaint Edmwnd Prys, Edward Prys, a Marged gartref yn y Gelli ar fin priodi ffarmwr cefnog.

Pan ddaeth Gwen adref o'r coleg un penwythnos daeth â gwên i wyneb Angharad wrth glywed ei hanes hi a Morgan Prys. Byddai'r ddau yng nghwmni ei gilydd byth a beunydd.

Un diwrnod daeth un o'r myfyrwyr uchelael heibio iddynt ac meddai: "Pwy yw'r ferch bert yna Morgan, *old chap*?"

"Neb o bwys mae'n siŵr."

"Mae Gwen o dras un o bymtheg llwyth Gwynedd, llawer gwell na thi a dy farwnig byth a hefyd," a throdd y ddau ymaith.

"Hiraeth mawr a hiraeth creulon sydd bob dydd yn torri nghalon.

Nid oes rhyngof a Dafydd a'i dad ef heno, ond pridd a'r arch a'r amdo.

Mi fûm lawer gwaith ymhellach ond nid erioed â'm calon yn drymach. Un cryf yw'r angau croch. Roedd gobaith wedi'r hirlwm tra roedd bywyd.

Heno, a minnau, a'r ffenestr yn gil agored i edrych ar y lloer, cododd awel oddi allan, chwythodd i mewn, crynodd fflam y gannwyll frwyn, siglodd, diffoddodd, mygodd a minnau yn unig yn y tywyllwch.

Roedd yn anodd ar y pryd ymadael ag un fu'n gâr cyhyd â fy mab annwyl. Fel y trigai'r amser heibio balm i'r galon fydd cael cofio.

Hwyrach y teimlaf y boen wedi i ddydd y ddyrnod gilio.

Seren loywaf yn y nos arwain fi i Fethlem dlos.
Cryd ein hannwyl Iesu fu.
Doethion ddaethant gyda hwn, aur a thus a myrr.
Baban Mair a Mab y Saer ddaeth i uno nef a daer.
Pan fwyf dryma'r nos yn cysgu, fe ddaw hiraeth ac a'm deffry."

Cofiai ei mam yn dweud wrthi pan gollodd Dafydd, "Fe gysgwch mewn galar, ni chysgwch mewn gofid. Fy mab prydferth, ers pan aeth o dan y gŵys, fy mlodeuyn prydferth, fy un mab o'r gwraidd gorau. Galwyd ef i'r Nef ac yntau cyn dechrau hyn o fyd ac yntau yn nychlyd ei nerth. Cawn uno rhyw ddydd. Roedd fel telyn mewn un o'r teulu yn pyncio yn ddibaid."

Do fe ymdrechais ymdrech deg
Mi a orffennais fy ngyrfa
Mi a gedwais fy ffydd.